LE GRANDI CIVILTÀ DEL PASSATO

INDIANI DEL NORD AMERICA

Michael Stotter

EDIZIONI WHITE STAR

Titolo originale: STEP INTO THE WORLD OF NORTH AMERICAN INDIANS

ISBN 88-540-0467-7

1 2 3 4 5 6 10 09 08 07 06

Testi: Michael Stotter
Consulenza storica: Michael Johnson
Editore: Joanna Lorenz
Managing Editor, Libri per Bambini: Gilly Cameron Cooper
Editor: Jayne Miller
Project Editor: Joanna Hanks
Realizzazione grafica: Margaret Sadler
Illustrazioni: Rob Ashby, Vanessa Card, Clive Spong, Shane Watson
Fotografie: John Freeman
Stylists: Konica Shankar, Melanie Williams
Lettore: Penelope Goodare
Supervisore di Produzione: Ann Childers
Traduzione: C.T.M., Milano

La Anness Publishing desidera ringraziare i seguenti bambini per essersi prestati come modelli per questo libro: Jamal Ali, Nathanael Arnott-Davies, Hazel Askew, Rhiannon Atkins, Sarah Bone, Trung Chu Vinh, Rory Clarke, Daniel Haston, Kane Ives, Eka Karumidze, Bianca Loucaides, Daniel A. Otalvora, Sarah Louise Phillips, Simon Paul Anthony Thexton, Shahema Uddowlla-Tafader, Isemfon Udoh.

REFERENZE FOTOGRAFICHE

b = in basso, a = in alto, c = al centro, s = a sinistra, d = a destra

Archivio White Star: copertina, retrocopertina; AKG Photos 2b, 9d, 10s, 12s, 15bd, 17ad, 19ac, 19bs, 20bs, 27ad, 31ad, 32b, 37s, 41a, 42bs, 43as, 44bs, bd, 50as, 51ad, 56ad, 57a; Corbis-Bettmann 11cs, 13ad, 14ad, 16as, 18bs, 22c, 24b, 25bs, 27bs, 28bs, 30cs, 33cs, 36bd, 38bs, 40as, b, 41bs, 42bd, 45a, cs, 47a, 49ad, 50bs, 51bs, 54b, 60bs, bd; Corbis 4, 5bd, 10ad, 23as, c, 17as, 20bd, 20c, 15ad, 26ad, 29c, 33as, bd, 41bd, 42as, 44ad, 54as, 55c, bs, bd, 58bs, 59bs, 60as, 61ad, c, bc, bs; C. M. Dixon 2ad, 5as, ac, ad, 11ad, cd, 15bs, 17bs, 22s, 22ad, 23bs, 24as, 29ad, 31as, 32ad, 33ad, 34s, 35as, bs, c, ad, 36s, 37ad, 45bs, 46as, 48ad, c, bs, 51as, c, 52as, 53ad, c, bs, 57c, 58as, d, 59ad, as; Peter Newark's Pictures 1, 2b, 3d, 8as, ad, 9as, ac, 11as, 12ad, 14s, 15as, ad, 17ac, 18ad, 19ad, 20ad, 21as, 23bs, ad, 25c, 27as, 28ad, bd, 29as, bs, 33bs, 34ad, 36ad, 38ad, 39as, bs, 43ad, 45bd, 46ad, b, 47b, 48bs, 52bd

Stampato a Cina.

SOMMARIO

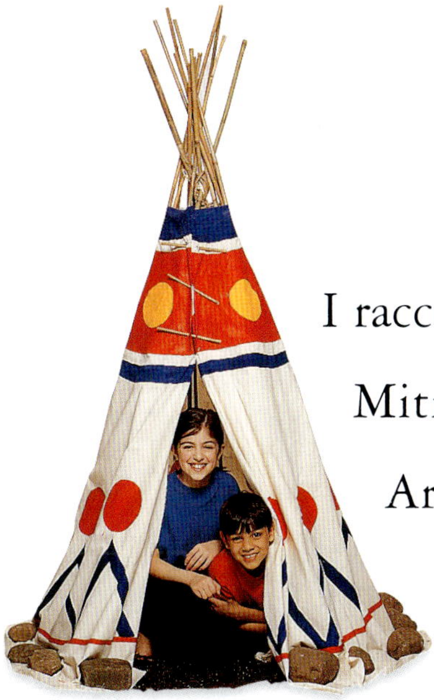

I primi Americani

I discendenti degli Anasazi, una delle più antiche e note fra le popolazioni native americane, conservano singolari racconti sulle proprie origini. Una leggenda narra di come i loro antenati "emersero" nel mondo passando per un buco. Un'altra descrive come tutte le tribù furono create da un mostro spaventoso che fu fatto a pezzi da un coyote coraggioso. La storia antica dei numerosi popoli o tribù non è chiara, sebbene le scoperte archeologiche abbiano contribuito a darci un'idea del loro stile di vita. Se potessimo tornare indietro nel tempo fino a pochi anni prima del 1500 d.C., scopriremmo che gli Stati Uniti e il Canada ospitavano centinaia di tribù, ognuna con le proprie tradizioni culturali. Alcune tribù erano nomadi, altre risiedevano in grandi comunità sedentarie. Resti di ceramiche, sculture in legno e gioielli dimostrano che molti dei popoli nord-americani avevano sviluppato notevoli abilità artigianali.

MANTENERE IN VITA IL PASSATO
Discendenti delle diverse tribù vivono in tutto il Nord America, tramandando storie e tradizioni alle nuove generazioni. Questo bambino del Wyoming, indossando il costume cerimoniale per un moderno *pow wow* contribuisce a preservare la storia culturale della propria tribù.

ATTRAVERSANDO LO STRETTO
I resti archeologici suggeriscono che le prime popolazioni giunsero dall'Asia. Intorno al 13.000 a.C. o ancora prima, esse attraversarono i ponti di ghiaccio e terra che ricoprivano lo Stretto di Bering. Da qui migrarono verso Sud; alcuni si stabilirono lungo le coste.

LINEA DEL TEMPO 32.000 A.C.–1400 D.C.

Gli storici ritengono che gruppi di cacciatori si spostarono dalla Siberia al Nord America. Potrebbero esserci state due migrazioni: una intorno al 32.000 a.C., la seconda tra il 28.000 e il 13.000 a.C. Alcuni storici pensano che vi fossero popolazioni che già vivevano in America.
Sono necessarie però altre ricerche per sostenere questa teoria.
I cacciatori si dispersero: ogni gruppo, o tribù, adattò il proprio stile di vita all'ambiente incontrato. In seguito alcuni abbandonarono la vita da cacciatori nomadi, diventando agricoltori sedentari.

32.000 a.C.

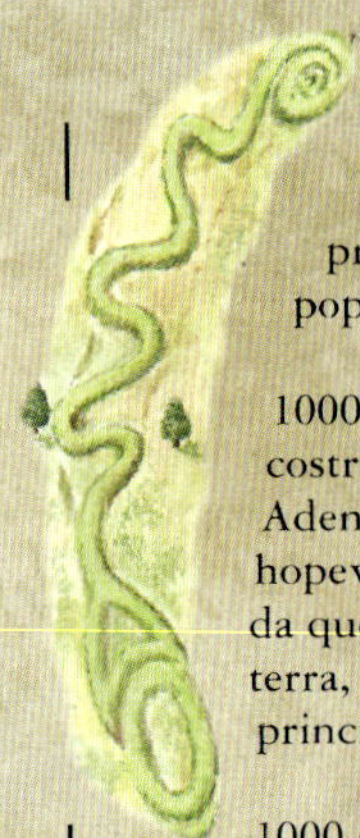

il Tumulo del Serpente (cultura Hopewell)

3000 a.C. Gli Inuit dell'Artico sono probabilmente l'ultimo popolo a migrare dall'Asia.

1000 a.C. Prime culture dei costruttori di tumuli come gli Adena e, più tardi, il popolo hopewell. Il nome Hopewell deriva da quello dell'agricoltore sulla cui terra, in Ohio, venne scoperto il loro principale insediamento.

1000 a.C. Sviluppo delle culture agricole nel Sud-Ovest, anche grazie a tecniche di coltivazione provenienti dal Messico.

3000 a.C.

mais nero e giallo

300 a.C.–1450 d.C. Alcune culture, come quella Hohokam, utilizzano le conchiglie come moneta corrente.

200 d.C. circa
Il mais, importato dal Messico, viene coltivato dai popoli costruttori di tumuli.

700–900 d.C.
I Pueblo seppelliscono i propri morti con ceramiche mimbré bianche e nere.

300 a.C.

ciotola funebre

Un diario su pelle di cervo
I racconti degli eventi venivano dipinti su pelli di animali, come questa, disegnata da un Apache. Le pelli erano come un libro di storia. Gli indiani del Nord America non possedevano un vero alfabeto scritto, perciò gran parte delle notizie sul loro stile di vita provengono dalle immagini.

Faccia falsa
Membri di diverse tribù indossavano maschere dall'espressione drammatica allo scopo di scacciare gli spiriti maligni. Questa proviene dal popolo degli Irochesi. Era nota come una delle maschere delle Facce False, poiché riproduceva un volto immaginario. Queste cerimonie vengono eseguite ancora oggi.

Cercando i reperti
Quest'uccello di rame battuto fu prodotto dagli indiani Hopewell. Risale al 300 a.C. circa, ed è stato scoperto all'interno di un tumulo in Ohio. I tumuli erano pieni di ciondoli intricati sepolti accanto ai defunti. Scoperte come questa ci parlano dell'artigianato, dei materiali e dei costumi del tempo.

Antico villaggio
Acoma è uno degli insediamenti pueblo più antichi, occupato da tempo immemorabile. E' ancora in parte abitato da discendenti dei Pueblo. Il popolo pueblo venne così chiamato dagli Spagnoli, che giunsero nella regione intorno al 1540. *Pueblo* è una parola spagnola che significa "villaggio". Venne usata per descrivere quel genere di tribù che vivevano in case fatte di fango e pietra. Queste abitazioni dal tetto piatto venivano erette sui terrazzamenti rocciosi, fino a raggiungere i tre piani d'altezza.

700 d.C. Le culture dei costruttori di tumuli erigono templi a Cahokia, sul fiume Mississippi. Questa città è la più popolosa mai creata in Nord America prima del XIX secolo

900 d.C. I primi Anasazi (gli Antichi) vivono in case semisotterranee sull'altopiano del Colorado. In seguito costruiranno le proprie abitazioni al di sopra del terreno ma manterranno spazi sotterranei come i *kiva*, i loro edifici religiosi.

kiva *(tempio sotterraneo) degli Anasazi*

982 d.C. I primi Europei raggiungono la Groenlandia (a nord-est del Canada) al comando del Vichingo Erik il Rosso.

1002 d.C. Leif Eriksson sbarca a Newfoundland, in Canada, e crea il primo insediamento europeo.

arrivano i Vichinghi

1100 d.C. Il popolo anasazi migra sulle montagne, costruendo abitazioni fra le rupi.

Mesa Verde: un palazzo tra le rupi

1200 d.C. I Calusa della Florida sono abili scultori e artigiani, e sviluppano un grande commercio.

1270–1300 d.C. Gli Anasazi abbandonano molti dei loro siti preistorici e delle loro città di pietra; gran parte di essi migra verso Est.

1300 d.C. Inizi delle tribù pueblo (Hopi e Zuni) nel Sud-Ovest. Molti di essi sono discendenti degli Anasazi.

700 d.C. — 1400 d.C.

Un vasto territorio

I primi nordamericani erano cacciatori nomadi che seguirono il bue muschiato, il bisonte e altri animali lungo le praterie erbose del continente. Stabilirono i primi insediamenti stabili sugli altipiani aspri e ostili del Sud-Ovest, dove si svilupparono tre culture dominanti. I Mogollon (Popolo delle Montagne) furono i primi abitanti del Sud-Ovest a costruire case, a produrre ceramiche e a coltivare il proprio cibo intorno al 300 a.C. Gli Hohokam (gli Scomparsi) idearono un complesso sistema di canali per irrigare il deserto già nel 100 a.C., mentre gli Anasazi (gli Antichi) erano canestrai che costruivano le proprie abitazioni fra i canyon. Le terre dell'Est, al contrario, abbondavano di piante e animali. Qui, tribù come gli Adena (1000 a.C.–200 d.C.) e gli Hopewell (300 a.C.–700 d.C.) erigevano enormi tumuli di terra in cui seppellivano i defunti. Le Grandi Pianure centrali erano dimora di oltre 30 tribù diverse, che vivevano cacciando i bisonti. Nell'estremo Nord gli Inuit conducevano un'esistenza simile, affidandosi ai caribù e alle foche per ottenere cibo e abiti. Gli Europei cominciarono ad arrivare intorno al 982 d.C. con i Vichinghi. Poi, nel XVI secolo, giunsero esploratori spagnoli in cerca d'oro, terra e schiavi. Nei 400 anni che seguirono molte altre potenze straniere rivendicarono il possesso di parti diverse del territorio. Nel 1910 la popolazione indiana raggiunse il numero minimo, circa 400.000 persone; molte tribù erano state scacciate dalle proprie terre e costrette a vivere nelle riserve.

Terre Tribali
Nel XV secolo vi erano oltre 300 tribù, o nazioni, sparse in tutto il Nord America (tra i due e i tre milioni di persone). Esse sono spesso suddivise in dieci aree culturali, sulla base delle condizioni ambientali locali:

1 Artico
2 Subartico
3 Foreste
4 Sud-Est
5 Grandi Pianure
6 Sud-Ovest
7 Grande Bacino
8 Altipiani
9 Costa Nord-Ovest
10 California

Linea del tempo 1400–1780

1400 Gli Apache arrivano nel Sud-Ovest, probabilmente percorrendo due tragitti diversi: uno dalle pianure seguendo le piste migratorie dei bisonti, l'altro lungo le Montagne Rocciose.

1492 Cristoforo Colombo salpa dalla Spagna diretto alle Bahamas, dove incontra i pacifici agricoltori arawak.

1510 I potenti Calusa della Florida abbandonano il proprio antico centro, Key Marco (un'isola fatta di conchiglie), probabilmente avendo ricevuto la notizia degli stranieri invasori.

1513 I Calusa mettono in fuga Ponce de León.

Colombo

1541 Membri del popolo zuni avvistano per la prima volta dei cavalli quando lo Spagnolo Francisco Vasquez de Coronado attraversa il Sud-Ovest.

1541 Il popolo caddo delle Pianure si oppone ai soldati dello Spagnolo Hernan de Soto.

1542 La grande popolazione degli Arawak, la stessa incontrata da Colombo, è oramai ridotta a 200 persone. Dieci anni dopo si estingue completamente a causa dei maltrattamenti.

cintura wampum di conchiglie che celebra la Lega delle Cinque Nazioni

1550 Nel Nord-Est le tribù seneca, cayuga, mohawk, oneida e onondaga si uniscono formando la Lega delle Cinque Nazioni. Creano così un forte governo: sono chiamati Irochesi.

1585 Sir Walter Raleigh approda sulla costa del Nord-Est e, ignorando i diritti dei nativi Secotan, rivendica il possesso di quella terra per gli Inglesi, che la battezzano Virginia.

1590 Raleigh e John White tornano in Virginia, ma la colonia è scomparsa. White disegna delle immagini che documentano la vita dei Secotan.

1400 1540 1550 1595

1598 Juan de Onate fonda la prima colonia spagnola nella terra degli indiani Pueblo.

1600 circa Gli Shoshone ottengono i cavalli dal Sud-Ovest, portati là dagli invasori spagnoli. I cavalli si diffondono nelle Grandi Pianure.

cavalli sulle pianure

1607 Fondazione della colonia di Jamestown sulla terra dei Powhatan.

1607 Membri pamunkey della Confederazione Powhatan catturano John Smith.

1620

1620
I pellegrini del *Mayflower* arrivano sulla costa orientale, dove vengono aiutati dai Wampanoag.

arco di legno di salice

1650 Le armi da fuoco dei commercianti europei (dapprima i moschetti, poi i fucili) cominciano a prendere il posto delle armi tradizionali.

1707 Una spedizione russa raggiunge la Costa Nord-Ovest e la scopre abitata.

fucile

bastone da colpi

1710

1722 La Lega delle Cinque Nazioni accoglie una sesta tribù, quella dei Tuscarora.

1774 Juan Perez naviga fino alla Costa Nord-Ovest allo scopo di rivendicarla per la Spagna. Il vaiolo, portato dagli Europei, distrugge quasi completamente il popolo haida.

1750 circa Le tribù sioux migrano nelle pianure.

1771 Fondazione di cinque missioni francescane nella terra dei Chumash, in California (questo provocherà una rivolta nel 1824).

palo totemico degli Haida

Audaci e coraggiosi

Molti indiani nordamericani che si sono guadagnati un posto nella Storia vissero nel periodo in cui gli Europei arrivarono in Nord America. Divennero famosi per i loro rapporti con gli esploratori e con i coloni bianchi che cercavano di modificare la vita delle popolazioni indiane. Alcune tribù diedero il benvenuto ai nuovi arrivati. Altre cercarono di negoziare pacificamente i diritti sulle proprie terre. Coloro che condussero in battaglia la propria gente contro i coloni divennero i più leggendari. Uno di questi fu Geronimo, che guidò l'ultimo, audace gruppo di Apache Chiricahua nella lotta per preservare la patria e la cultura della tribù.

POCAHONTAS (1595–1617) Questa principessa divenne una leggenda (ha anche ispirato l'omonimo film della Walt Disney) per aver protetto il capitano inglese John Smith dal padre, un capo Powhatan. Gli Inglesi catturarono Pocahontas per costringere il popolo powhatan a soddisfare le loro richieste. Lei sposò John Rolfe, un soldato inglese, e nel 1616 partì alla volta dell'Inghilterra con il proprio bambino. Non tornò mai a casa: morì di vaiolo a Gravesend, nel Kent, all'età di 22 anni.

PIANTATORE DI MAIS (morto nel 1796) Nel XVIII secolo, Piantatore Di Mais era un capo della Confederazione Irochese. Combatté dalla parte degli Americani durante la Rivoluzione del 1776-85. Le terre dei Seneca furono devastate, ma la gente di Piantatore Di Mais ricevette una riserva in cambio dell'aiuto fornito. Molti Irochesi combatterono dalla parte degli Inglesi durante il conflitto, e questo creò gravi fratture all'interno della tribù.

Opechancanough, Powhatan

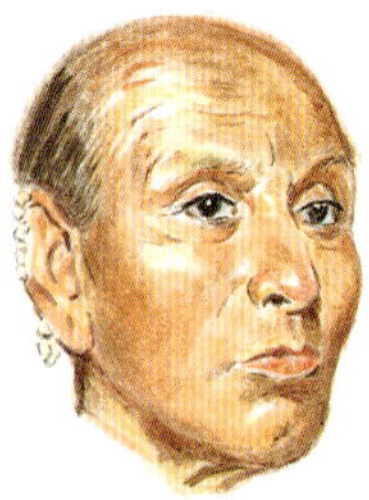

Falco Nero, Sauk

Geronimo, Apache

Pontiac, Ottawa

Lapowinsa, Lenape

LINEA DEL TEMPO 1780–1924

1783 I coloni inglesi firmano un trattato in cui la Gran Bretagna riconosce la loro indipendenza, definendoli Americani. Gli indiani non vengono però considerati Americani.

1788 Gli Chinook del Nord-Ovest incontrano il "loro" primo Europeo: si tratta dell'inglese John Mears.

1789 Gli esploratori incontrano i Kutchin e altre tribù della regione Subartica, che in seguito stabiliranno rapporti commerciali con la Hudson's Bay Company (costituita nel 1831).

1795 Tecumseh rifiuta di firmare il Trattato di Greenville, in cui si propone la cessione delle terre shawnee.

William Clark e Meriwether Lewis

1803 Il governo federale degli Stati Uniti acquista le terre del Mississippi dai Francesi, scacciando gli indiani.

1804 Sacajawea guida Lewis e Clark nel primo viaggio transcontinentale dal Mississippi alla costa del Pacifico.

1830–49 Pittori come Frederic Remington, George Catlin e Karl Bodmer documentano gli stili di vita degli indiani delle Pianure.

1832 Il capo sauk Falco Nero guida la rivolta finale del proprio popolo contro gli Stati Uniti e viene sconfitto.

George Catlin mentre dipinge un capo dei Mandan

1848 Scoperta dell'oro in California.

arriva il treno

1848–58 La tribù palouse resiste alla dominazione bianca, rifiutandosi di vivere in una riserva.

1780 1803 1848

SARAH WINNEMUCCA (1844–1891)

Sarah apparteneva ai Paiute Paviotso del Nevada settentrionale. Nel 1840 suo nonno scortò il capitano britannico John Fremont nell'esplorazione dell'Ovest. Ma nel 1860 sua madre, sua sorella e suo fratello furono tutti uccisi durante la Guerra Paiute contro i coloni bianchi. Sarah agì da mediatore tra il proprio popolo e i pionieri nel tentativo di migliorare la situazione. In seguito scrisse un libro, *Vita tra i Paiute*, nel quale narrò la propria vita e le sofferenze della tribù.

TORO SEDUTO (1831–1890)

I Sioux Hunkpapa avevano un leader spirituale, un uomo-medicina chiamato Toro Seduto. Egli riunì le diverse bande dei Sioux e si rifiutò di firmare i trattati in cui si cedevano le sacre Colline Nere del Sud Dakota. Partecipò alla battaglia di Little Big Horn, in cui fu sconfitto il generale Custer.

TECUMSEH (morto nel 1813)

Grande capo degli Shawnee, Tecumseh cercò di unire le tribù della valle del Mississippi, del vecchio Nord-Ovest e del Sud contro gli Stati Uniti. Combatté anche per gli Inglesi contro gli Americani nella guerra del 1812-14. Quest'immagine raffigura la sua morte.

Oscelo, Seminole

Nuvola Rossa, Sioux

Capo Giuseppe

DIFENSORI DELLE PROPRIE TRIBU'

Questi otto capi sono tra i più famosi. Non tutti combatterono. Lapowinsa dei Lenape (o Delaware) perse la propria patria firmando un trattato che permetteva ai coloni di prendere tanta terra quanta sarebbero riusciti a percorrere in un giorno e mezzo. Pontiac commerciò con i Francesi, ma si oppose all'avanzata inglese. Capo Giuseppe tentò di negoziare in modo pacifico nello sforzo di ottenere una terra per la tribù dei Nez Percés, ma morì in esilio. Nuvola Rossa combatté con successo i cercatori d'oro che invadevano i territori di caccia dei Sioux.

1850-89 La ferrovia apre l'Ovest ai coloni.

1850 I Navajo firmano il loro terzo trattato con gli Stati Uniti, ma le ostilità continuano.

1864 La Lunga Marcia: il popolo navajo viene massacrato dalle truppe americane, che uccidono il bestiame e bruciano le case. I sopravvissuti vengono costretti a camminare per 500 km fino a Fort Sumner.

1864
Massacro di Sand Creek: 300 donne e bambini cheyenne vengono uccisi dai soldati americani.

Massacro di Sand Creek

1870

1876 Il generale Custer viene ucciso dai guerrieri sioux nella battaglia di Little Big Horn.

1886 Geronimo si arrende agli Stati Uniti. Rimarrà prigioniero per molti anni.

1890 Esplode la Danza degli Spettri, con cui le tribù sioux piangono i propri morti; i coloni bianchi sono preoccupati da quella che considerano una provocazione.

1890 Toro Seduto viene ucciso a Standing Rock (una riserva sioux) dalla polizia indiana al soldo degli Stati Uniti.

1890 Il capo sioux Piede Grosso e molti della sua tribù vengono uccisi nel massacro di Wounded Knee. Questo evento pone fine alla lotta per la difesa delle proprie terre.

moneta raffigurante un bisonte

abito rituale per la Danza degli Spettri

1924 Il governo americano concede la cittadinanza agli indiani, celebrando l'evento con la creazione di una moneta su cui è raffigurato un bisonte.

1924

Vita nomade

Molte tribù erano nomadi, come ad esempio i Cheyenne e gli Arapaho delle Grandi Pianure. La loro vita era legata ai bisonti, che fornivano il cibo e il materiale per gli abiti e le abitazioni. C'erano anche tribù semi-nomadi come i Pawnee, i quali trascorrevano parte del proprio tempo in capanne permanenti, ma a volte vagavano nelle Pianure a caccia di bisonti. Altri, come gli Inuit dell'Artico e i Pima del Sud-Ovest, vivevano in villaggi ma si spostavano nei cambi di stagione. Gli indiani credevano che la terra fosse una fonte di vita e che ogni cosa avesse il proprio spirito. Essi vivevano in armonia con la natura, adattandosi all'ambiente circostante. Al contrario, i coloni bianchi pensavano di "possedere" la terra, e costruirono cittadine permanenti che cambiarono drasticamente il paesaggio.

SEGUENDO LA MANDRIA
Un cacciatore a cavallo si avvicina a due bisonti in corsa. Prima del Settecento esistevano enormi mandrie di bisonti. Le Grandi Pianure erano praticamente prive di alberi, con vaste aree erbose che davano nutrimento a questi grossi animali. Le Pianure ricoprivano un'area di circa 1200 km per 2000 km, e i cacciatori dovevano spesso viaggiare per giorni e giorni prima di avvistare una mandria.

VITA LIBERA NELLE PIANURE
Era normale vedere gruppi di donne e bambini spostarsi nelle Pianure con tutto ciò che possedevano. Gli uomini viaggiavano spesso dietro il convoglio per difendere le famiglie da attacchi a sorpresa. Il *travois* (una specie di slitta) era uno dei mezzi più efficaci per trasportare *tipì* e abiti. Era costituito da due semplici pali uniti a un'estremità. I fagotti contenenti abiti e utensili venivano fissati al centro, e a volte i bambini vi si sedevano sopra.

COSTRUISCI UN *TIPI'*

Materiale occorrente:
un vecchio telo doppio (misure approssimative: 250 x 78 cm); forbici; matita; righello/metro da sarto; pennelli grossi e piccoli; pitture acriliche di colore giallo, blu e rosso; ciotola per l'acqua; 12 bastoni di bambù della lunghezza di 3 m; corda o lacci; tre bastoncini piccoli; pietre grandi (facoltative).

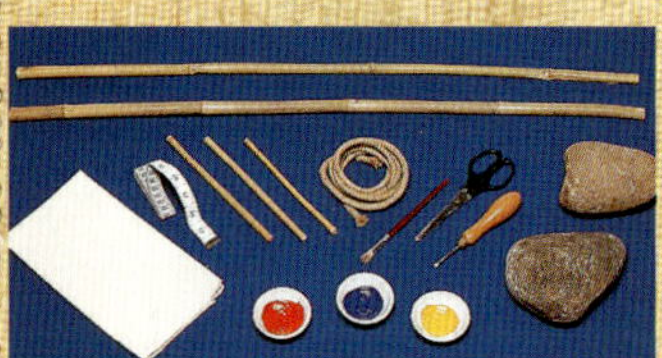

1 Stendi il telo sul pavimento. Ritaglia un semicerchio interno vuoto di 46 cm e della profondità di 20 cm. Ritaglia quindi un semicerchio esterno pieno del raggio di 152 cm.

2 A partire dal semicerchio interno pratica tre piccoli fori su ciascuno dei margini diritti. Fai il primo foro a 6 cm dal margine del semicerchio interno e a 3 cm dal margine diritto.

3 Usando una matita e un righello traccia uno schema geometrico a triangoli, linee e cerchi. Fallo semplice e netto. Dipingilo, e quindi lascia asciugare.

Un campo sulle sponde del lago Huron

Un gruppo di Ojibwa impegnato nelle attività quotidiane in un accampamento sul lago Huron. Una donna sta macinando il mais con cui preparerà una sorta di polenta. Gli uomini si stanno riposando vicino alle loro canoe di scorza di betulla dopo una spedizione di pesca. Le semplici abitazioni sono una versione conica del *wigwam* di scorza di betulla.

Un coltello da balena

Questo coltello ha una punta d'osso e lame di conchiglia. Apparteneva ai cacciatori di balene dei Makah e dei Nootka della Costa Nord-Ovest, che lo utilizzavano per tagliare il grasso di questo cetaceo.

Ricordi preziosi

Un Inuit dell'Artico incise queste immagini su una zanna di tricheco per ricordare una grande caccia al caribù. Le figure furono colorate cospargendo le linee incise con una mistura di carbone di legna e grasso.

Il trasloco

Questa famiglia di indiani Piedi Neri sta migrando verso il Canada. Possiedono poche cose. Le case delle tribù nomadi erano facili da costruire e da smontare quando giungeva il momento di trasferirsi.

Il tuo tipì *è una versione semplificata dei* tipì *delle Pianure. Questi erano grandi e pesanti costruzioni di pelle di bisonte, con un sistema di apertura e chiusura e un foro nella parte superiore per far uscire il fumo.*

4 Prendi tre bastoni di bambù e uniscili a una ventina di centimetri da una delle estremità. Sistemali sul terreno come un treppiede. Fissali in modo sicuro.

5 Uno alla volta, appoggia con attenzione i restanti bastoni di bambù al treppiede. Ricordati di lasciare uno spazio per l'ingresso.

6 Ora prendi il telo dipinto (la copertura del tuo *tipì*) e avvolgilo intorno alla struttura. Sovrapponi i due lati in cima così da far corrispondere i fori.

7 Inserisci un bastoncino nei due fori superiori in modo da unirli; ripeti l'operazione per le altre due coppie di fori. Metti delle pietre intorno alla base per fermare il *tipì*.

Viaggi e trasporti

Gli indiani erano spesso in viaggio, sebbene camminare fosse l'unico modo in cui erano in grado di spostarsi sul territorio. La caccia e il commercio erano le ragioni principali per viaggiare. I bambini piccoli erano trasportati nelle culle appese alla schiena, mentre i bambini degli Inuit venivano messi nel cappuccio del giaccone della madre. Coloro che vivevano nelle Pianure utilizzavano spesso il *travois*, cioè due pali di legno legati insieme e trascinati prima dai cani, in seguito dai cavalli. Un cane robusto era in grado di trascinare un carico di 23 kg. Alla fine del Seicento gli Spagnoli introdussero il cavallo, che i Cree chiamarono "grosso cane". Questo evento trasformò la vita nelle Pianure, dato che le tribù furono in grado di coprire distanze molto maggiori verso nuovi territori di caccia.

Vie d'acqua

Un indiano Kutenai utilizza la propria canoa di scorza di betulla per uscire da una macchia di giunchi. Gran parte del Nord America è cosparso di fiumi, torrenti e corsi d'acqua, e gli uomini delle tribù erano abili costruttori d'imbarcazioni. C'erano i *kayak* nell'Artico, le canoe di scorza nelle Foreste e le grandi canoe di legno di cedro sulla Costa Nord-Ovest.

Antiche impronte

Gli spostamenti via terra avvenivano tradizionalmente a piedi. Gli indiani fabbricavano borse da trasporto usando pelli di animali, che poi legavano alla schiena con lacci di pelle grezza. Antichi sentieri commerciali collegarono per millenni villaggi distanti centinaia di chilometri l'uno dall'altro. Piste e sentieri venivano per lo più tracciati dagli animali durante le migrazioni o alla ricerca di cibo e acqua. I cacciatori scoprivano e utilizzavano queste piste, che spesso non erano più grandi della larghezza d'un uomo.

Costruisci una canoa

Materiale occorrente:

cartoncino spesso; carta color crema o marrone (ritagliare come in figura); matita; righello; forbici; metro da sarto; colla liquida; pennello per colla; ago e filo; pittura marrone; pennello per pittura; ciotolina per l'acqua.

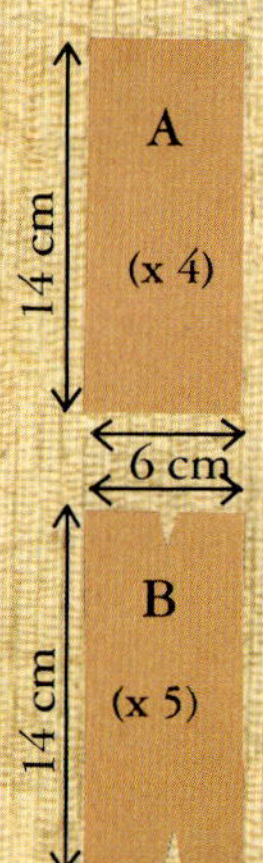

Ritaglia dei triangoli a ogni estremità.

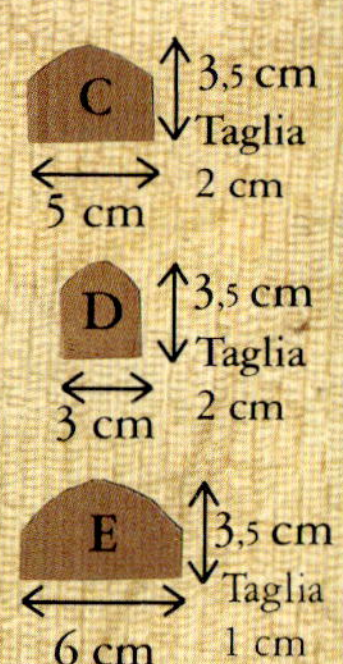

Ritaglia due strisce, dagli angoli smussati, della misura di 42 x 1 cm, e due strisce di 45 x 1 cm.

1 Partendo dal centro, traccia cinque segni equidistanti su una striscia di 45 cm e su una di 42 cm. Incolla un'estremità dei cartoncini di forma "E" al centro di entrambe.

2 Incolla i cartoncini di forma "C" su entrambi i lati di quelli "E", quindi le forme "D" in corrispondenza delle estremità. Poi allinea le altre strisce e incollale ai semicerchi.

Per tenersi in equilibrio

Al Nord, per camminare venivano usate le racchette da neve, in modo che i cacciatori potessero inseguire la preda anche nella neve profonda. Nelle regioni Artica e Subartica gli Inuit adoperavano lunghi bastoni per verificare la resistenza della neve.

Viaggiare col *travois*

Capo Aquila Vitello si sta preparando a un viaggio. I lunghi pali del *travois* sono stati fissati a forma di "V" e legati alla sella del cavallo per mezzo di lacci di pelle. Le due estremità posteriori dei pali strisciano sul terreno. Nel mezzo è stata tesa una piattaforma di pelle d'animale, anch'essa fissata ai pali, dove si sistemavano merci e bambini. Erano necessari due cavalli per trasportare i pali e le coperture di un solo *tipì*.

Le slitte

Le slitte erano indispensabili sul ghiaccio e sulla neve. Le lame erano fatte di legno oppure di osso di balena, ed erano unite da corna di cervo. Strisce di pelle grezza facevano da cuscino per il conduttore, così da rendere la corsa meno accidentata. Le slitte venivano trainate da cani husky, sia singolarmente sia in mute fino a otto cani.

Tornando a casa nel gelo

Nell'Artico gli Inuit utilizzavano i cani per tirare le slitte, tranne sulle lastre di ghiaccio, così erano spesso costretti a tirare le slitte da soli.

Le canoe di scorza di betulla venivano costruite dai Chipewyan della regione Subartica per attraversare i laghi, ma anche per pescare, coltivare e raccogliere erbe commestibili e riso selvatico.

3 Incolla insieme le 2 strisce di 45 cm, quindi le altre strisce, su entrambi i lati. Incolla i cartoncini "B", inserendo i ritagli triangolari sulle forme "C", "D" ed "E".

4 Piega i pezzettini di carta sporgenti e incollali alla struttura. Usa le forme "A" per coprire i buchi, quindi incollale alla parte superiore della struttura.

5 Continua a incollare i rettangoli di carta finché tutta la canoa è ricoperta. Ora, rovescia e incolla i pezzettini di carta sporgenti all'interno della canoa.

6 Prendi ago e filo. Cuci i margini dell'imbarcazione a punto semplice, così da fissare le estremità dei cartoncini. Ora puoi dipingere la tua canoa.

La società tribale

Una singola tribù poteva essere formata da dieci famiglie soltanto o contare migliaia di persone. Le tribù vicine si univano in tempo di guerra, per le cerimonie o per commerciare, oppure per formare potenti confederazioni (unioni). Alcuni popoli algonchini formarono la Confederazione Powhatan, che prese il nome dal suo leader, e assunsero il controllo della regione costiera dell'odierna Virginia. Altri gruppi del Nord-Est costituirono la Lega degli Irochesi allo scopo di prevenire i conflitti tra le tribù locali. Nel Sud-Est, i Creek, i Seminole, i Cherokee, i Choctaw e i Chickasaw erano noti agli Europei come le Cinque Tribù Civilizzate, poiché avevano sviluppato un sistema amministrativo e giudiziario proprio grazie all'influsso europeo.

UN MAGNIFICO COSTUME
Cavallo Americano dei Sioux Oglala indossa un copricapo di guerra a doppio strascico. La sua camicia dipinta mostra che egli era un membro degli Ogle Tanka'un o Portatori di Camicia, un gruppo di uomini saggi e coraggiosi.

UN INCONTRO DEL CONSIGLIO
Un consiglio sioux si riunisce per ascoltare le parole di uno dei capi principali. I consigli erano composti da diversi leader o capi. Essi eleggevano il capo supremo, la cui autorità proveniva dalla sua conoscenza della sapienza tribale e dalla sua abilità come guerriero.

CREA UN COPRICAPO

Materiale occorrente:
un righello; stoffa rossa (1 m x 1 cm); nastro da tappezziere rosso (75 x 6 cm); nastro adesivo; ago; filo di cotone; forbici; carta bianca; pittura nera; pennelli; ciotolina per l'acqua; bastoncini di legno di balsa del diametro di 3 mm; colla; 6 penne (facoltativo); feltro di color rosso, giallo, azzurro e blu; perline (facoltativo); nastrini colorati (20 x 2 cm).

1 Distendi la stoffa rossa (1 m) al centro del nastro da tappezziere. Lasciala sporgere di 12,5 cm da entrambe le estremità. Fissala con il nastro adesivo man mano che la cuci.

2 Quindi crea le penne. Ritaglia 26 penne di carta bianca. Devono essere lunghe 18 cm e avere una larghezza massima di 4 cm. Colora le punte di nero.

3 Quando la pittura nera si è seccata, usa le forbici per fare dei taglietti sui margini delle penne di carta. In questo modo avranno un aspetto più simile alle penne vere.

Le donne nella società

Le donne irochesi prendevano parte agli incontri del consiglio, ma presso la maggior parte delle tribù esse non si univano ai consiglieri né diventavano guerriere. Le donne occupavano un posto di grande rispetto nella società. In molte tribù, come fra gli Algonchini, la discendenza avveniva per linea materna. Quando un uomo si sposava, lasciava la propria casa per andare a vivere con la famiglia della moglie.

Ostentazione di ricchezza

Le cerimonie *potlatch* potevano durare diversi giorni. Questo genere di evento consisteva in un grande banchetto e avveniva presso le tribù della Costa Nord-Ovest. Ci si poteva scambiare dei doni, in base ai quali veniva giudicato lo status sociale della tribù.

Una pipa della pace ornata di penne

Gli indiani del Nord America hanno una lunga tradizione riguardante la pipa. Diverse erbe venivano fumate per ragioni religiose e rituali. Durante i consigli di pace, i partecipanti si passavano una pipa che tutti dovevano fumare, dimostrando così che nutrivano buone intenzioni e che avrebbero mantenuto gli accordi presi.

Al comando

Questo capo appartiene ai Kainah della nazione dei Piedi Neri. I Kainah erano noti agli Europei anche con il nome di Indiani Sangue, a causa della pittura rossa con cui si cospargevano il viso. Le penne del copricapo dei Piedi Neri erano disposte verticalmente, contrariamente ai copricapo sioux che presentavano penne inclinate con, talvolta, lunghi strascichi.

4 Taglia i bastoncini di balsa in modo da ottenerne 26 della lunghezza di 14 cm. Incollali sul retro di ciascuna penna, al centro, appena sotto la punta nera.

5 Se usi anche penne vere, usa il filo di cotone per legarle a sei penne di carta provviste di bastoncino. Queste sei penne servono per la parte frontale del copricapo.

6 Incolla le penne e assicurale con il nastro adesivo sulla parte frontale del nastro. Devi sovrapporle leggermente. Posizionale in modo che le sei penne vere si trovino al centro.

7 Taglia dei rettangolini di feltro (1 x 6 cm) e incollali su ciascuno dei bastoncini.

Le istruzioni per il copricapo continuano alla pagina seguente...

Abiti e identità

Una delle immagini più popolari degli indiani è quella del guerriero dipinto che porta un copricapo di guerra e indossa abiti di pelle con le frange e le perline. Questo era soltanto uno dei tanti tipi di abbigliamento, utilizzato per lo più dagli indiani delle Pianure. Ogni nazione, o tribù, aveva la propria identità e i propri abiti distintivi. I cacciatori si vestivano con pelli e pellicce d'animali. Nelle aree in cui predominava l'agricoltura si ottenevano tessuti da fibre selvatiche o da cotone coltivato. Tribù come i Navajo iniziarono a utilizzare la lana quando gli Spagnoli fecero loro conoscere le pecore, nel Seicento. Anche il clima determinava l'abbigliamento. Nel freddo Nord gli Inuit indossavano guanti a manopola, stivali e cappotti provvisti di cappuccio chiamati *parka*. Erano fatti di pelle di caribù o di foca, con il pelo verso l'interno. Molti uomini della costa orientale e delle foreste portavano soltanto fasce intorno ai fianchi o gambali, mentre le donne indossavano gonne frangiate.

UNA RAGAZZA HOPI
L'acconciatura a fiore di zucca di questa ragazza hopi ci dice che è nubile. Ciò significava che aveva superato la pubertà ed era pronta per il matrimonio. Le donne sposate portavano i capelli sciolti o intrecciati. Gli uomini hopi tessevano il cotone per fabbricare coperte e vestiti, che poi le donne tingevano.

COLORI NATURALI
Gli indiani del Nord America ottenevano tinture e coloranti naturali dalle piante dell'ambiente circostante. Schiacciando e macinando frutti di bosco e noci si ottenevano il rosso acceso, il giallo, il blu e il verde. Venivano usate anche foglie e cortecce.

8 Ritaglia dei rettangoli di feltro rosso di 1,5 x 1 cm. Ritagliane trenta per dieci penne. Incollali al feltro bianco in modo da ottenere delle strisce.

9 Ritaglia una striscia di feltro giallo (40 x 4 cm). Decorala incollando triangolini di feltro azzurro e blu, e piccoli quadratini di feltro rosso.

10 Puoi anche completare la decorazione usando delle perline. Incollale accuratamente sui motivi principali, al centro dei triangolini e dei quadratini.

11 Incolla la decorazione principale sul nastro, utilizzando un righello per posizionarla al centro. Rimarranno esposte alcune penne da entrambi i lati.

Un cappello versatile
Questo antico cappello di radice di abete rosso intrecciata è stato indossato da un Nootka della Costa Nord-Ovest. Poteva anche essere usato come borsa o contenitore, o ancora come trappola per la pesca. Per fabbricarlo venivano tessuti insieme fasci di fibre poi avvolti a spirale.

Indossata con orgoglio
A questa camicia di pelle sono appese ciocche di capelli umani, a dimostrare che il guerriero delle Pianure che la possedeva aveva superato se stesso in battaglia.
Egli la indossava con orgoglio nelle occasioni cerimoniali. Questa camicia venne fabbricata cucendo insieme due pelli di cervo.

Artigianato tradizionale
Questa donna indossa una versione moderna della mantellina. I popoli delle Foreste e delle Pianure prediligevano i tessuti rossi e blu importati dai commercianti europei.

Un gilet decorato di perline
Per decorare questo gilet maschile i Sioux barattarono merci in cambio di perline di vetro importate in America dall'Italia. Le perline venivano scambiate in base al peso o alla lunghezza, un tanto a filo. Prima dell'arrivo delle perline i Sioux usavano aculei di porcospino per decorare gli abiti cerimoniali.

I guerrieri delle pianure dovevano guadagnarsi il diritto di indossare un copricapo come questo.
Un copricapo di guerra tanto lungo ed elaborato non veniva solitamente indossato in battaglia, ma era riservato alle occasioni cerimoniali.

12 Sulla carta rossa traccia un cerchio del diametro di 3 cm. Disegna una coda di 15 cm a partire dal cerchio. La coda dovrebbe essere larga 1 cm e assottigliarsi alla fine.

13 Disegna otto di questi oggetti e ritagliali tutti. Incollali poi all'estremità delle penne centrali, facendo in modo che le punte siano rivolte verso l'alto.

14 Ritaglia due cerchi di feltro giallo del diametro di 5 cm e decorali con forme di feltro giallo e rosso. Incolla i nastrini colorati sul retro dei cerchi.

15 Infine incolla o cuci sul copricapo i cerchi di feltro, sopra la fascia decorata. Posizionali in modo che i nastrini scendano sopra le orecchie.

Ornamenti e decorazioni

Uomini e donne indossavano gioielli e si decoravano il corpo con pitture e tatuaggi. Le donne degli Haida si tatuavano il viso, il corpo e il dorso delle mani con i simboli della famiglia a cui appartenevano. Gli Yuma indossavano pochissimi abiti e potevano così mostrare con orgoglio i propri tatuaggi. Questi erano semplici, oppure potevano essere elaborati come i disegni degli adulti della tribù timucua, che li coloravano di nero, rosso e blu. Un tatuaggio rivelava lo status sociale di una persona o veniva fatto per ricevere protezione da uno spirito. Una forma di decorazione fisica meno permanente e dolorosa era quella ottenuta con le pitture per il corpo e per il viso. Anche le acconciature avevano dei significati: potevano indicare che un giovane era ancora celibe, che apparteneva a una società militare oppure era un guerriero coraggioso. Gli uomini della regione delle Foreste avevano acconciature particolari: si intrecciavano i capelli sul davanti e li decoravano con penne di tacchino. Alcuni guerrieri delle Praterie, come ad esempio i Pawnee e gli Iowa, si rasavano la testa, lasciando soltanto una lunga ciocca in cima.

PITTURA DI GUERRA
Mato-Tope, capo del popolo dei Mandan, si dipinse in questo modo appositamente per essere ritratto dal pittore Karl Bodmer nel 1834. La pittura del corpo era usata per indicare una posizione sociale, e veniva solitamente fatta per le cerimonie o prima di andare in guerra.

COSTUMI DEI BAMBINI
Questi bambini furono fotografati nel 1913. Anche senza conoscere la data di quest'immagine, i loro costumi ci dicono il periodo e la tribù di appartenenza: abiti di questo genere erano indossati dai Sioux. I capelli della bambina sono intrecciati e divisi al centro, nella maniera nota come "l'acconciatura delle riserve", poiché divenne molto popolare una volta che la tribù fu trasferita negli accampamenti del governo. Gli abiti dei bambini erano solitamente una versione in miniatura di quelli degli adulti.

CREA UNA COLLANA

Materiale occorrente: *carta bianca; righello; colla; pennello per la colla; pittura azzurra, turchese e rossa; ciotolina per l'acqua; forbici; argilla da modellare che si secchi all'aria; spiedino o bastoncino da barbecue; filo o corda sottile.*

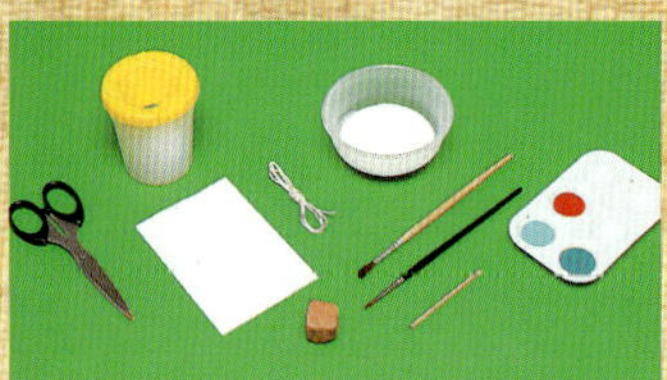

1 Arrotola tre strisce di carta bianca sottile fino a ottenere rotolini del diametro di 0,5 cm. Incolla i margini esterni così da fissarli, poi lasciali asciugare.

2 Dipingi i rotolini di carta. Colorane uno d'azzurro, uno di turchese e l'altro di rosso, assicurandoti di ricoprire tutto il bianco. Lasciali asciugare.

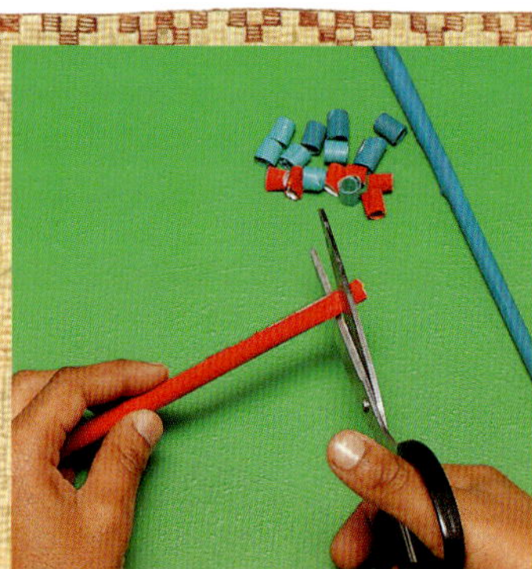

3 Una volta secchi, i tubicini di carta si saranno leggermente induriti. Taglia attentamente i tubicini in pezzi lunghi 1 cm, così da farne piccole perline.

IL LOOK NATURALE

Le pitture per il corpo venivano estratte da materiali grezzi. Il rosso si otteneva con terra ferrosa, mentre per il verde e il blu si usava rame grezzo. Il carbone di legna dava un nero deciso. I frutti di bosco erano utilizzati per macchiare volti e abiti.

UN UOMO-MEDICINA

Quest'uomo-medicina del Nuovo Messico porta una fascia intorno al capo. Le perline, la sciarpa e in particolare la coperta in cui è avvolto erano molto popolari tra i Diné (Navajo). Altre tribù portavano fasce intorno al capo, come gli Osage, i quali indossavano una specie di turbante di pelle di lontra.

UNA DONNA TATUATA

Il corpo di una donna della Florida ricoperto di semplici tatuaggi a fascia neri. Si ottenevano pungendo la pelle con aghi preventivamente immersi nelle tinture vegetali. Sia gli uomini sia le donne si facevano tatuare.

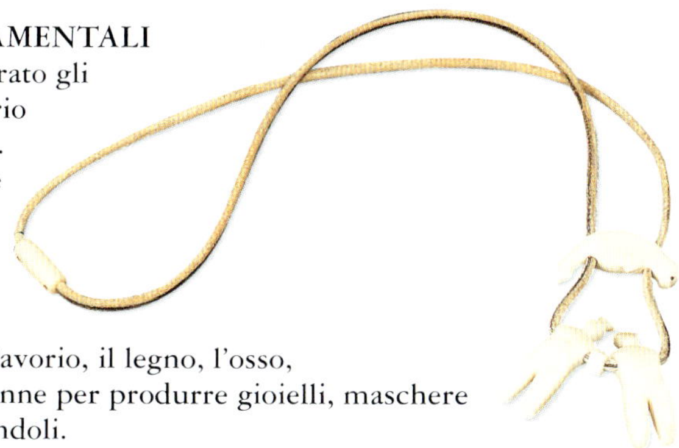

ZANNE ORNAMENTALI

Un Inuit ha lavorato gli ornamenti d'avorio di questa collana. L'avorio proviene dalle zanne (denti canini) del tricheco o del capodoglio. Gli Inuit usano l'avorio, il legno, l'osso, le pellicce e le penne per produrre gioielli, maschere cerimoniali e ciondoli.

Tradizionalmente gli artigiani indiani fabbricavano collane come queste usando osso, pietre e conchiglie. Alcune delle loro perline d'osso erano lunghe 8-10 cm. Furono i mercanti europei a introdurre le perline di vetro nel Cinquecento.

4 Fai due perline più grandi arrotolando due pezzetti d'argilla su una superficie piatta. Quando sei soddisfatto della loro forma, pratica un foro al centro usando il bastoncino.

5 Lascia asciugare e indurire le perline d'argilla. Una volta pronte dipingile entrambe d'azzurro (o del tuo colore preferito). Lasciale asciugare di nuovo.

6 Infila le perline nel filo. Comincia con quelle d'argilla, che rimarranno appese al centro. Quindi aggiungi quelle azzurre da entrambi i lati, poi le turchesi, infine le rosse.

7 Quando hai finito di infilare le perline fai un grosso nodo a ciascuna estremità del filo, così da impedire che si sfilino. La tua collana è pronta per essere indossata.

Le abitazioni dei nativi americani

Durante i mesi invernali gli Inuit dell'estremo Nord costruivano le loro abitazioni a cupola con blocchi di ghiaccio e di terreno duro, legno e ossa di balena. Le case dovevano adattarsi all'ambiente circostante. All'Est, dove la legna era abbondante, si costruivano una gran varietà di case. Il *wikiup*, così come il *wigwam*, era a forma di cupola ed era fatto di stoppie, corteccia o pelli strettamente fissate a una struttura di rami piegati. Fondamentalmente le case rettangolari di stoppie erano costituite da una struttura di rami tagliati ricoperti da una mistura d'argilla e canne, oppure di fango. Vicino alla costa orientale si costruivano grandi case, lunghe anche 45 metri: avevano la volta a botte ed erano costruite con alberi della zona. Alcune tribù vivevano in diversi tipi di ripari a seconda della stagione. Gli indiani delle Pianure vivevano per la maggior parte nei *tipì* (tende di pelle), o a volte in case di terra. Le più vicine alle abitazioni moderne erano le case dei Pueblo del Sud-Ovest: queste erano infatti riunite in villaggi a terrazze costruite con mattoni di fango. I Pueblo costruivano anche camere cerimoniali sotterranee a cui si accedeva da un ingresso nascosto nel soffitto.

A CASA
Un capo dei Mandan si rilassa con la famiglia e i suoi cani all'interno della propria casa. Nota il buco nel soffitto, che permette di far uscire il fumo del fuoco e far entrare aria fresca. Le case di terra erano diffuse presso i popoli mandan e gli Hidatsa del corso superiore del fiume Missouri. Il disegno seguiva regole precise: la famiglia dormiva sul lato sud, gli ospiti a nord; merci e armi erano immagazzinate sul retro. Il proprietario teneva in casa i propri cavalli, in modo da impedire che i nemici glieli rubassero mentre dormiva.

CASE DELLE PIANURE
Per coprire il *tipì* di una famiglia di indiani delle Pianure erano necessarie circa 12 pelli di bisonte. La parola *tipì* proviene da un termine sioux che significa "abitare". Le pelli venivano cucite insieme e tirate sui pali di legno, alti fino a 8 metri. Quando dentro faceva troppo caldo, i lati del *tipì* venivano arrotolati verso l'alto. D'inverno si accendeva un fuoco al centro della tenda.

UN PALO TOTEMICO
I pali totemici erano diffusi nell'estremo Nord-Ovest degli Stati Uniti. Il legno usato per scolpirli era solitamente quello dei possenti cedri rossi. Alti pali totemici venivano eretti all'esterno delle case di assi del popolo haida. Queste abitazioni erano condivise da diverse famiglie. I pali erano scolpiti e dipinti allo scopo di documentare e ricordare le storie della famiglia che viveva nella casa. A volte, inoltre, venivano scolpiti per onorare un grande capo.

Le case di terra

Indiani Mandan eseguono una Danza del Bisonte di fronte alle proprie case, costruite utilizzando tronchi che formavano una struttura a cupola, poi ricoperta di terriccio schiacciato.

Strati di mattoni

Queste rovine erano un tempo parte di un complesso di edifici appartenenti agli indiani Pueblo. Le case erano spesso a più piani e con un tetto piatto. Per spostarsi si usavano scale di legno. Le camere circolari di mattoni erano costruite sottoterra. Si tratta dei *kiva*, usati per riti religiosi e cerimoniali.

Rifinitura

Gli indiani Pueblo del Sud-Ovest costruivano le proprie abitazioni con il fango e con le pietre. Gli edifici erano quindi ricoperti di *adobe*, una mistura d'argilla e paglia. Questa veniva quindi cosparsa sulle pareti come gesso. Una volta secca, era dura e liscia.

argilla

paglia

La casa lunga

I popoli irochesi delle Foreste costruivano lunghe case di legno. La struttura era composta di pali sbozzati da tronchi d'albero con un rivestimento di spessi fogli di corteccia. Si trattava di abitazioni in comune. In una casa lunga vivevano molte famiglie, ciascuna con il proprio settore costruito intorno a un fuoco aperto.

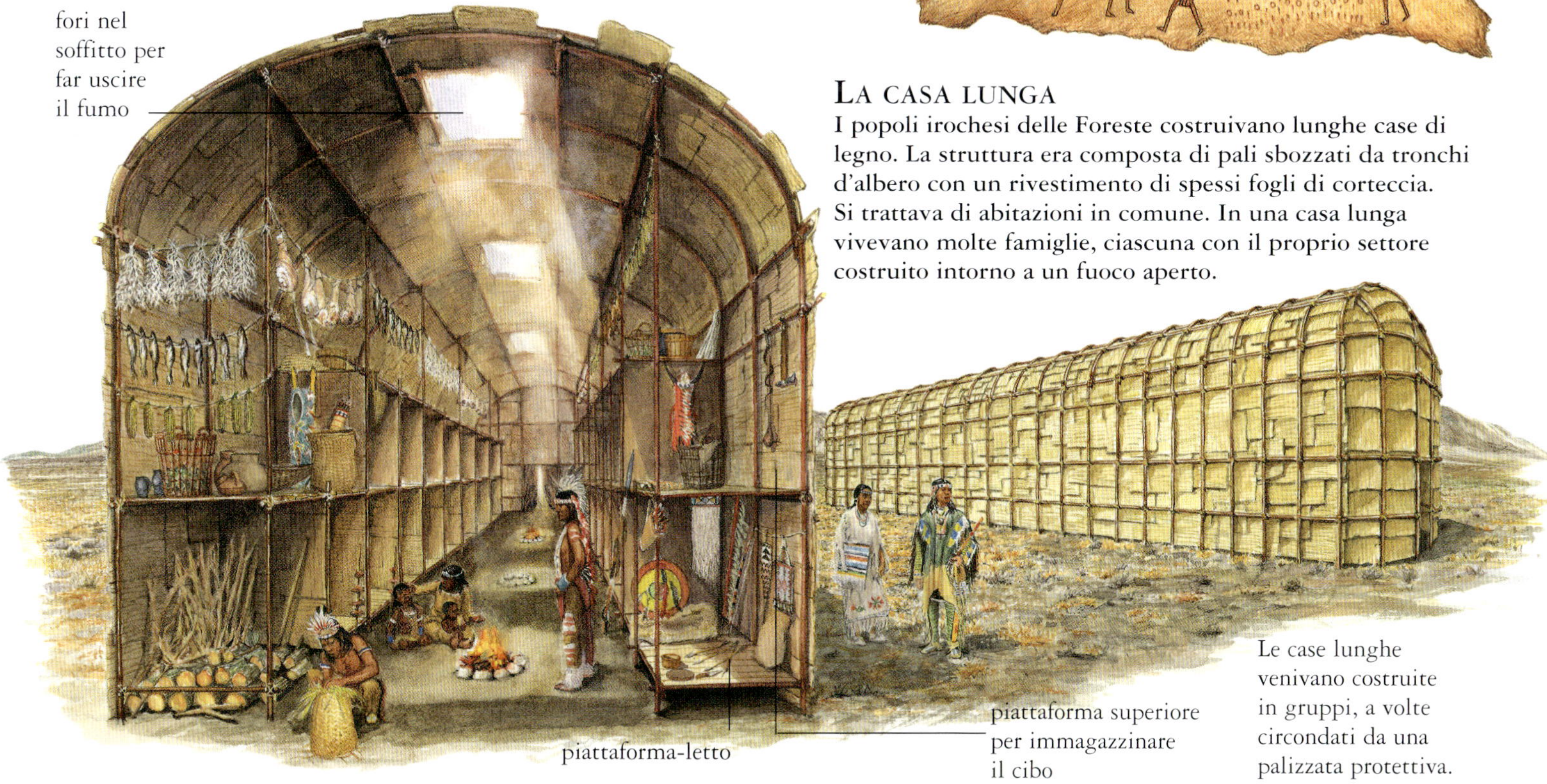

Le case lunghe venivano costruite in gruppi, a volte circondati da una palizzata protettiva.

Vita in famiglia

I ruoli all'interno della famiglia erano ben definiti. Gli uomini erano cacciatori, difensori e capitribù. Le donne lavoravano nei campi, fabbricavano gli abiti, preparavano il cibo, si prendevano cura della casa e dei malati. Nei primi anni di vita i bambini erano estremamente liberi, ma imparavano presto a rispettare gli adulti. Fin da piccole le bambine imparavano dalle proprie madri ad accudire la casa e a fabbricare pezzi d'artigianato, mentre i maschi apprendevano dagli uomini l'uso delle armi e l'arte della caccia. Le ragazze potevano sposarsi anche a 12 anni d'età. I ragazzi dovevano scambiare dei doni con i futuri suoceri prima che venisse dato il permesso di celebrare il matrimonio. Alla nascita i bambini ricevevano un nome da un nonno o una nonna. In seguito, da adulti, potevano scegliersi un altro nome.

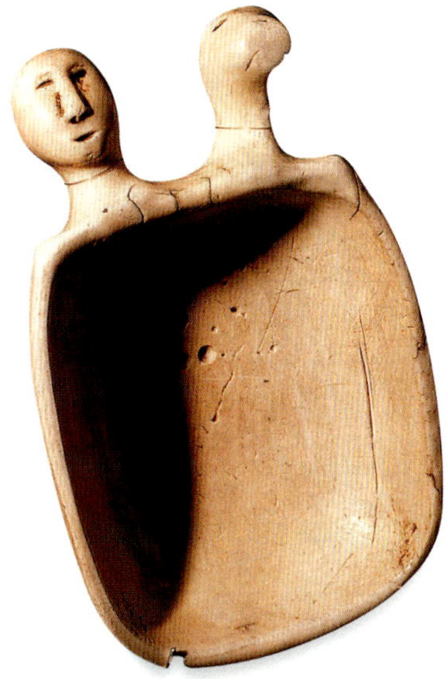

OSSA A PRANZO
Questo cucchiaio fu scolpito da un osso d'animale. Le famiglie di un tempo non avevano utensili. Molti oggetti erano fatti d'osso, zanne, corna di cervo o altri animali. L'osso era anche utilizzato per fabbricare archi.

UN BAMBINO IN BRACCIO
Una donna tiene in braccio una culla di legno contenente il proprio bambino in fasce. Le scene domestiche erano spesso soggetto dell'arte indiana, riflettendo così l'importanza della vita familiare.

UNA GIORNATA DI CACCIA
Ragazze dei Piedi Neri osservano un gruppo di uomini lasciare l'accampamento per andare a caccia. Vanno alla ricerca dei bisonti. Se la caccia avrà successo, le donne aiuteranno a scuoiare gli animali e poi stenderanno le pelli ad asciugare. Le pelli di bisonte venivano usate come coperture dei *tipì*. Pelli più morbide, come quelle di cervo, erano utilizzate per gli abiti.

CREA UNA BAMBOLA *KACHINA*

Materiale occorrente: *tubo di cartone; righello; forbici; compasso; matita; cartoncino spesso; colla; pennello per colla; nastro adesivo; pitture color giallo/crema, verde/blu, rosso e nero; pennello per pittura; ciotolina per l'acqua; carta rossa.*

1 Prendi il tubo di cartone e ritaglia una sezione di circa 4 cm (o un terzo del totale). Questa sarà la testa. La parte più grossa formerà il corpo.

2 Usa il compasso (o il tubo di cartone) per disegnare sul cartoncino quattro cerchi di 2 cm di raggio. Poi disegna un cerchio più piccolo del raggio di 1,5 cm. Ritaglia quindi i 5 cerchi.

3 Incolla i cerchi più grandi su entrambe le estremità dei tubi di cartone. Lascia seccare. Incolla il cerchio più piccolo su una delle due estremità del tubo più lungo.

Giochi di ruolo

I bambini amano copiare i grandi: questa bimba sioux indossa il grande copricapo di un adulto. Sta posando per la fotografia, tenendo in mano la sua bambola preferita. Giocare con le bambole insegnava alle bambine il loro futuro ruolo di madri. I maschi imparavano a cavalcare, scoccare frecce e cacciare.

Riunione di famiglia

Una famiglia di Cree del Canada si gode una serata tranquilla intorno al fuoco. Le famiglie degli indiani d'America erano solitamente piccole, e non avevano più di due o tre bambini, così da poter sopravvivere alla severità dell'ambiente. Ad ogni modo, una singola casa ospitava spesso una famiglia estesa. Sotto lo stesso tetto potevano vivere due o tre sorelle, le proprie famiglie e i nonni.

Per trasportare i neonati

Per il primo anno di vita, spesso un neonato trascorreva il suo tempo fra i lacci di una culla da schiena, come questa nello stile delle tribù delle Foreste orientali. Era usata anche dai genitori sioux, iowa, pawnee e osage. Un neonato poteva dormire o essere trasportato in tutta sicurezza all'interno della sua culla, lasciando la madre libera di lavorare. Lo schienale della culla poggiava sulla schiena della madre.

Le bambole kachina vengono fabbricate dal popolo hopi per rappresentare diversi spiriti. Questa è la kachina del mais. Alcuni genitori danno queste bambole ai propri figli per aiutarli a imparare i costumi tribali.

4 Il cerchio di cartone più piccolo è il collo della bambola. Fissa accuratamente con la colla il tubo più piccolo (la testa) sul tubo più grande (il corpo).

5 Ritaglia due piccole forme a "L" di cartoncino per fare le braccia. Quindi ritaglia due piccole forme per le orecchie. Ricoprile di nastro adesivo colorato.

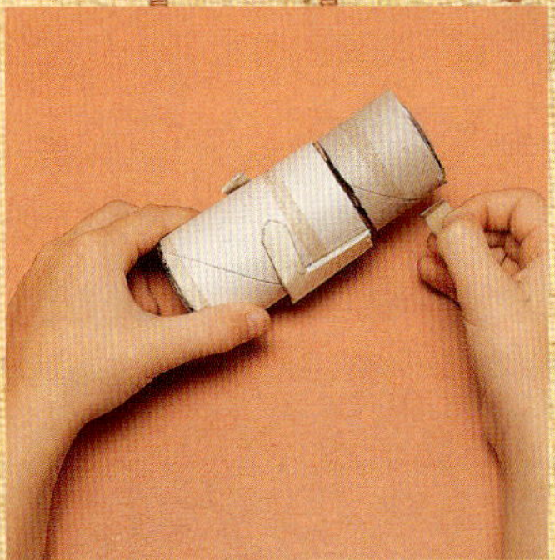

6 Incolla le braccia al corpo e le orecchie ai lati della testa, così che spuntino verso l'esterno ad angolo retto. Dipingi la bambola con i colori già citati.

7 Mentre la pittura sta asciugando, ritaglia due piccole penne di carta rossa. Incollale poi in cima alla testa della bambola, in modo che rimangano puntate verso l'alto.

CANESTRO PER IL CIBO
Gli Apache e altri popoli del Sud-Ovest sono famosi per la loro produzione di stupendi canestri. Essi li rendevano impermeabili usando la gomma ricavata da alcuni alberi. Versatili canestri a forma di ciotola erano usati per conservare il mais e per trasportare e servire il cibo.

Cibo e agricoltura

Fin dall'origine dei tempi gli indiani hanno cacciato, pescato e raccolto il proprio cibo. Recentemente gli archeologi hanno trovato prove dell'esistenza di una sorta di popcorn risalente al 4000 a.C. La regione e l'ambiente in cui vivevano i vari gruppi tribali determinavano il loro stile di vita. Gli Inuit e i popoli della costa pescavano e cacciavano. I Calusa della Florida "coltivavano" il mare riservando determinate zone ai molluschi. Le tribù della Costa Nord-Ovest vivevano di pesca e avevano perciò ben poche ragioni per praticare l'agricoltura, sebbene coltivassero il tabacco. Per molte tribù, comunque, l'agricoltura era una parte importante della vita, e ciascuna di esse sviluppò le proprie tecniche di coltivazione. Il nome della tribù dei Secotan indica una "zona bruciata", e si riferisce alla pratica d'incendiare tratti di territorio così da trasformarli in campi. Questa e altre tribù della fertile costa orientale curavano rigogliosi giardini pieni di piante commestibili. Oltre al mais domestico, alle zucche e ai fagioli, esse coltivavano pomodori, more, asparagi e piante di vaniglia.

CUCINARE ALL'APERTO
Questa struttura a forma d'alveare è un forno all'aperto tradizionale. Era usato dai Pueblo e da altri popoli del Sud-Ovest. Un fuoco acceso all'interno riscaldava le pietre poste tutt'intorno. Il forno era usato per cuocere il pane di mais o le verdure e per arrostire la carne.

PREPARA LE *TORTILLAS*

Materiale occorrente: *200 gr di farina di mais o di farina normale; bilancia per alimenti; setaccio (facoltativo); ciotola o fondina; acqua fredda; brocca; cucchiaio da tavola; tagliere di legno; matterello; padella; un po' d'olio per la frittura; miele.*

1 Misura 200 gr di farina usando la bilancia. Versa attentamente la farina nella ciotola; se vuoi, puoi usare il setaccio. Riempi la brocca d'acqua fresca.

2 Aggiungi lentamente l'acqua alla farina nella ciotola. Versane poco per volta, mescolando continuamente, finché otterrai un impasto piuttosto consistente.

3 Usando le mani, mischia e impasta delicatamente il composto. Continua a impastare finché non diventa molto appiccicoso. Puoi aggiungere ancora farina.

La conservazione del riso selvatico

Due raccoglitori stanno selezionando il proprio raccolto di riso, esattamente come facevano i loro antenati. Vaste macchie di riso selvatico crescevano sulle rive di laghi e fiumi delle Foreste orientali. Uomini e donne prendevano un fascio di piante, le piegavano sopra l'imbarcazione e le colpivano con un utensile smussato. I grani di riso cadevano così all'interno dell'imbarcazione. Venivano quindi raccolti in borse per farli essiccare al sole.

Le Tre Sorelle

Il mais (granoturco) faceva parte della dieta regolare di gran parte delle tribù. Fu coltivato fin dal 200 d.C. Le altre due colture importanti erano le zucche e i fagioli. Queste tre piante erano note agli Irochesi come le "Tre Sorelle".

La preparazione di un pasto

Questi Secotan stanno scegliendo i fagioli per un pasto. Gli indiani coltivavano circa 60 tipi diversi di fagioli. La maggior parte delle tribù era molto ospitale e condivideva il cibo con gli altri.

Pesce a cena

E' stata una buona giornata di pesca per questa Inuit. I pesci verranno appesi per essere affumicati e così conservati. Gli Inuit catturavano il pesce dai loro *kayak*, oppure lo intrappolavano nelle acque basse. Durante l'inverno pescavano attraverso fori nel ghiaccio.

Le tortine di mais (o tortillas) erano spesso consumate con i fagioli o con cibo saporito. Sono deliziose anche con il miele. Provale!

4 Cospargi di farina il tagliere o un ripiano. Prendi il composto dalla ciotola e impastalo sul piano infarinato per circa 10 minuti. Lascia quindi riposare per mezz'ora.

5 Prendi un pezzetto d'impasto. Usando le mani, schiaccialo fino a ottenere una palla rotonda. Ripeti questo processo finché non hai usato tutto l'impasto.

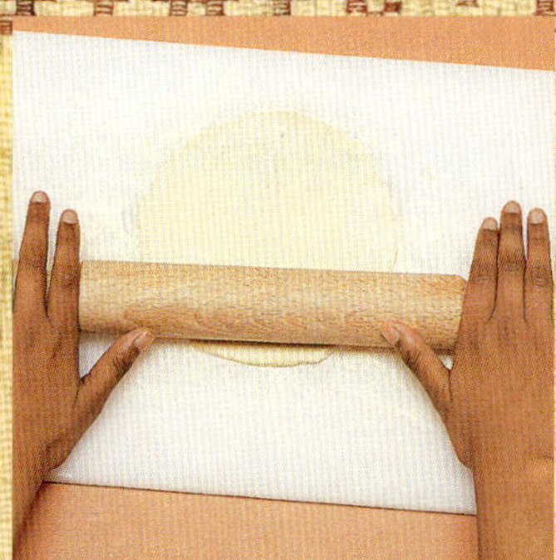

6 Continua a schiacciare le palle d'impasto finché non ottieni delle tortine rotonde e piatte. Usa anche il matterello: otterrai tortine sottili e piatte chiamate *tortillas*.

7 Chiedi a un adulto di cucinare con te. Riscalda una padella da frittura o una piastra. Fai cuocere le *tortillas* una alla volta a fuoco lento, finché non si scuriscono leggermente da entrambi i lati.

La caccia

L'eccitante ma pericolosa impresa di inseguire le mandrie iniziava soltanto dopo aver eseguito una Danza del Bisonte. I primi segni dei bisonti (a volte detti erroneamente bufali) erano spesso tracce lasciate nel terreno. I cacciatori le seguivano finché la mandria veniva individuata da lontano. Questi antichi cacciatori si avvicinavano agli animali a piedi: una tecnica decisamente pericolosa! Sospingevano i bisonti giù per una "strada" preparata in precedenza con pietre e cespugli. Il percorso terminava bruscamente sull'orlo di un burrone, dove gli animali non potevano far altro che saltare nel vuoto e morire sfracellati. Con l'arrivo del cavallo, la caccia divenne più facile ma non sempre più sicura. Un cacciatore doveva cavalcare vicino alla mandria, scegliere un bisonte e farlo uscire dal gruppo. Il bisonte non era l'unico animale cacciato. I fiumi dell'Est, un tempo, abbondavano di castori, molto apprezzati dai mercanti di pellicce, mentre le tribù della California cacciavano il cervo sulle colline.

Il cimitero dei bisonti
I teschi erano tutto ciò che restava dei bisonti dopo una battuta di caccia. La carne era usata come cibo, il grasso per farne colla e per la zuppa, mentre con la pelle si fabbricavano *tipì* e mocassini. La vescica e le ossa diventavano utensili, il pelo era usato come imbottitura.

Caccia all'orso
Questo dipinto di George Catlin mostra guerrieri delle Pianure impegnati in una caccia all'orso grizzly. Gli orsi erano animali sacri presso molte tribù, e si credeva fossero degli spiriti-guida. Un guerriero poteva dipingere simboli dell'orso sul proprio scudo o segni d'ocra rossa sul volto come protezione.

Crea una camicia di pelle
Materiale occorrente: *un pezzo singolo di tela vecchia (o un grosso pezzo di tela di cotone); forbici; metro da sarto o righello; matita; ago grande; filo marrone; feltro di colore rosso, giallo, blu e azzurro; colla; pennello per colla; filo nero da ricamo (o laccio); filo di cotone rosso (o di altro colore).*

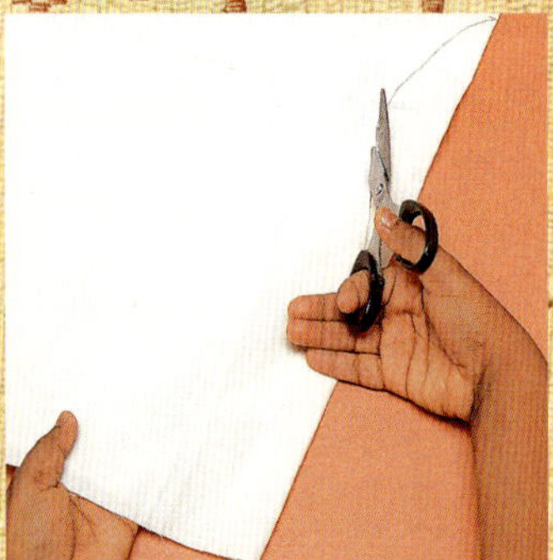

1 Prendi la tela e ritaglia un rettangolo di 140 x 60 cm. Quindi ritaglia due rettangoli di 40 x 34 cm per le braccia. Piega a metà il rettangolo più grande (quello per il corpo).

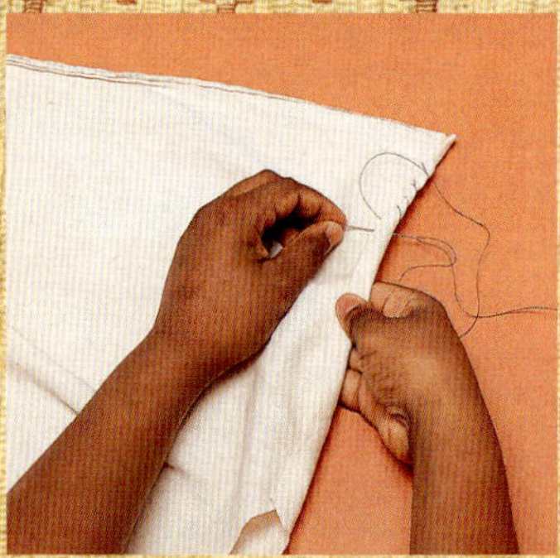

2 Al centro della piega disegna il collo con la matita: diametro 22 cm, profondità 6 cm. Ritaglialo. Arrotola la tela sulle spalle; fai un orlo e cucilo.

3 Apri la tela del corpo e allinea i pezzi delle braccia, con il centro sull'orlo già cucito. Cuci la parte superiore dei pezzi delle braccia a quello del corpo.

Ingannare i bisonti

Questi cacciatori si sono mascherati da lupi per poter strisciare vicino ai bisonti. La pelle mascherava l'odore del corpo del cacciatore, che spesso cercava anche di imitare i movimenti del lupo.
Era importantissimo tenersi sottovento: i bisonti, infatti, possiedono un olfatto molto sensibile ma una vista poco sviluppata.

La corsa del bisonte

Cacciatori a cavallo inseguono un bisonte nel tentativo di spingerlo verso alcuni arcieri in attesa.
Il primo obiettivo di una battuta di caccia consisteva nel cercare di far correre in cerchio tutti gli animali. Quindi i cacciatori li circondavano prendendoli uno alla volta, finché non avevano carne a sufficienza. Se i bisonti fuggivano, la caccia proseguiva.

Macellai al lavoro

E' finita una battuta di caccia e la tribù si sposta in massa per spellare e macellare le prede. Questo era spesso un compito riservato alle donne e ai bambini. La pelle era accuratamente rimossa senza essere danneggiata, così da poterla usare per fabbricare abiti. La carne veniva preparata per il banchetto.

Gli indiani del Nord America usavano pelle di bisonte per fabbricare le camicie. Quando gli Europei le videro per la prima volta non riuscirono a capire che genere di materiale fosse, tanto era soffice e chiaro.

4 Piega di nuovo la tela a metà per verificare la forma della camicia. Quindi cuci le parti inferiori delle maniche. Solitamente i lati della camicia venivano lasciati aperti.

5 La tua camicia è pronta per essere decorata. Ritaglia striscioline e triangoli di feltro e incollali alla camicia. Crea le frange tagliuzzando un lato di una strisciolina di feltro.

6 Crea capelli finti tagliando pezzi di filo nero della lunghezza di 8 cm. Legali insieme a mazzetti usando del filo rosso come in figura.

7 Incolla o cuci i capelli finti (ciocche di scalpi) sulla tua camicia. Puoi seguire lo schema utilizzato nella figura (sopra) o crearne uno.

Il possente bisonte

Per generazioni il bisonte delle praterie fornì agli indiani delle Pianure la maggior parte degli elementi indispensabili alla loro vita, come ad esempio il cibo e i materiali per costruire le abitazioni. Sebbene la caccia avvenisse tutto l'anno, estate e autunno erano le stagioni migliori. Durante i mesi estivi enormi mandrie di migliaia d'animali si riversavano sulle distese erbose per saziarsi in vista dell'inverno. L'arrivo del bisonte era salutato da frenetiche cerimonie prima delle battute di caccia. La notte successiva al successo di una battuta, si teneva una grande festa con canti e danze. Durante la festa si consumava una gran quantità di carne di bisonte, ma una parte doveva essere conservata per i periodi più difficili. Per questo la carne era tagliata a striscioline e appesa a rastrelliere di legno affinché seccasse al sole o vicino al fuoco. La carne più dura veniva macinata e mischiata a grasso di bisonte e more: una prelibatezza denominata *pemmican*.

LA DANZA DEL BISONTE
Uomini mandan cercano di entrare nel giusto stato d'animo prima di una caccia. Le Danze del Bisonte erano di buon auspicio per i cacciatori. La leggenda dice che furono i bisonti a insegnare agli uomini le proprie danze e i canti. Gli indiani delle Pianure credevano in numerosi spiriti. Sentivano che, se li pregavano e cantavano rivolti a loro, gli spiriti li avrebbero aiutati. La testa di un bisonte maschio e le pelli erano oggetti sacri indossati dagli sciamani e da chi faceva un'offerta per la buona riuscita della caccia.

L'OFFERTA DI UNA PREGHIERA
Un indiano solitario si erge sulla cima di una collina. Sta usando il teschio sacro di un bisonte per invocare il Grande Spirito (*Wakan Tanka*) perché porti le mandrie dei bisonti sulle Grandi Pianure. I Sioux credevano che il mondo fosse pieno di spiriti che controllavano la terra, il sole, il cielo, il vento: in definitiva, ogni cosa. *Wakan Tanka* controllava tutti gli spiriti.

CACCIATORE CONTRO BISONTE
Un grosso bisonte maschio aggredisce il cacciatore che lo sta attaccando. Un maschio di grandezza media pesa più d'una tonnellata, ed è alto alla spalla oltre 1,5 m. Il cavaliere solitario è armato di una lancia, e guida il proprio cavallo soltanto con le ginocchia. Per un guerriero una battuta di caccia era l'occasione di mettersi alla prova. Se uccideva un bisonte un cacciatore aveva l'onore di mangiarne il cuore. Gli indiani credevano che questo atto trasferisse il potere spirituale del bisonte al cacciatore.

LA CACCIA VA AVANTI

L'eccitazione della caccia al bisonte è catturata in questo dipinto dei Piedi Neri, eseguito sulla copertura interna di un *tipì*. Le immagini erano utilizzate per ricordare eventi importanti della vita tribale. Erano dipinte sui *tipì* o sugli scudi. Questi dipinti descrivevano imprese guerresche, buone spedizioni di caccia o la storia della famiglia. I bisonti qui raffigurati furono probabilmente mangiati dalla tribù.

STENDERE LA PELLE

Un uomo dell'Oklahoma sta stendendo e conciando la pelle nella maniera tradizionale. Gli indiani del Nord America stendevano le pelli di bisonte su strutture di legno, oppure le inchiodavano sul terreno. Dapprima bisognava grattar via il grasso, la carne e il pelo, quindi la pelle veniva lavata con una mistura di grasso e acqua. A volte si usava l'urina. La pelle grezza, cioè pelle non conciata e senza il pelo, era usata per fare tamburi, scudi e coperte.

LIBERI E SELVAGGI

Si stima che, nel 1800, 60 milioni di bisonti vagassero sulle Pianure. Questo numero diminuì drasticamente man mano che i coloni europei si spostarono verso Ovest. Circa 4 milioni di bisonti furono massacrati in soli quattro anni. Furono cacciati fin quasi all'estinzione. Nel 1872 venne fondato il parco di Yellowstone, la prima area destinata alla loro protezione.

LA CACCIA PER SPORT

Passeggeri della ferrovia Kansas Pacific uccidono bisonti per sport. Quando furono costruite le ferrovie nel 1860, i coloni bianchi migrarono a ovest del Mississippi e sulle Pianure. Là incontrarono i bisonti. Non compresero il modo di vita degli indiani, e uccisero moltissimi animali. In seguito il governo degli Stati Uniti incoraggiò i cacciatori a sterminare le mandrie, pensando che, se i bisonti fossero stati distrutti, le tribù avrebbero perso la fonte del proprio sostentamento e avrebbero quindi ceduto le terre.

Lingue e comunicazione

Tribù diverse parlavano solitamente lingue differenti. Si ritiene che siano esistite contemporaneamente più di 500 lingue e 2200 dialetti. Alcune tribù avevano lingue simili. Le sette sottotribù dei Sioux parlavano tutte una lingua del gruppo Siouan, mentre i Cree delle pianure, gli Ojibway, i Piedi Neri e gli Arapaho parlavano lingue algonchine. Queste tribù, però, erano diffuse su una grande area, e ciò rendeva difficili le comunicazioni intertribali. Gli indiani del Nord America svilupparono anche un linguaggio dei segni che utilizzava gesti delle mani, così da permettere la comunicazione fra tribù diverse. Prima che arrivassero gli Europei non esisteva una lingua scritta. Al contrario gli indiani usavano le pittografie, cioè disegni rappresentanti esseri umani, animali oppure oggetti. Nel 1821 Sequoya, dei Cherokee, creò un alfabeto che, una volta accettato dagli anziani, venne trasmesso al popolo. Nel 1828 il giornale *Cherokee Phoenix* veniva stampato sia in cherokee, sia in inglese.

SOGNI RIVELATORI
Questi glifi sono stati dipinti da un membro del popolo chipewyan delle Foreste. Ogni immagine è simbolica e si basa su figure mitiche piuttosto che su eventi reali. Si tratta di spiriti che fanno parte della mitologia tribale o che l'artista ha visto in sogno.

PITTURA SU PELLE
Un'anziana della tribù sta dipingendo su una pelle di bisonte. La pelle essiccata veniva tirata e inchiodata al terreno. I "pennelli" erano bastoncini immersi nella pittura o nelle tinture ottenute dalle piante o dal terriccio. Neri, gialli e rossi erano i colori più comuni. In seguito i mercanti europei introdussero le pitture a olio, il guazzo e l'acquerello. La pelle non era l'unico supporto su cui si dipingeva. I ricordi erano immagazzinati su corteccia, osso, pali totemici e in seguito tela. Gli Inuit scolpivano le pittografie sulle zanne di tricheco.

CREA UN CONTO DEGLI INVERNI

Materiale occorrente: *mussola (tessuto morbido); un pezzo di carta o cartone; nastro adesivo; righello; matita; forbici; colla; pennello per colla; un foglio di carta bianca (297 x 210 mm); carta velina; carta sottile (color crema o bianco); pennello molto fine o penna a inchiostro; inchiostro o pittura nera.*

1 Distendi la mussola su un ripiano o un pezzo di carta. Fissala con il nastro adesivo, poi traccia sulla mussola un rettangolo di 30 x 21 cm. Togli il nastro adesivo e ritaglia il rettangolo.

2 Usa un pennello per cospargere di colla i margini della mussola ritagliata, così da evitare che si sgualciscano mentre lavori (e per tenerli ordinati in seguito).

3 Disegna un'ampia spirale, al centro del foglio di carta bianca. Traccia, con attenzione, 11 punti equidistanti sulla linea della spirale.

Tenere un diario

Un indiano delle Pianure ha documentato una scorreria della sua tribù contro un accampamento nemico. Immagini come queste narravano la storia di una tribù. Alcune storie erano una specie di diario visuale, noto come Conto degli Inverni, poiché venivano compilate o create d'inverno. La famiglia e altri membri tribali si ritrovavano spesso per raccontarsi le storie, mentre uno di essi le scriveva tramite la scrittura per immagini.

Segnali di fumo

Guerrieri della regione delle Pianure inviano un segnale di fumo al resto della tribù. Veniva acceso un fuoco di foglie o erba umida, in modo da produrre molto fumo. Si faceva poi salire il fumo verso l'alto a intervalli regolari, così da trasmettere un messaggio convenuto. I guerrieri sioux mandavano messaggi usando specchi per riflettere la luce del sole. Le tribù delle Foreste svilupparono un sistema di segnali usando il tamburo e i versi degli animali.

Tubercolosi

Vaiolo

Molto ghiaccio

Porta molti cavalli

Insegue molti cavalli intorno al campo

Niente erba

Molta neve

Venne Cane Bianco

Cerimonia Hunka

Malattia dei cavalli

Visita dei mezzosangue

Vita nelle Pianure

Questi disegni sono stati copiati da un Conto degli Inverni dei Sioux. A differenza delle pittografie dei popoli delle Foreste, gli indiani Sioux creavano immagini che mostravano la vita quotidiana sulle Pianure. Eventi come il cattivo tempo e le malattie influenzavano pesantemente le tribù. Un clima gelido significava che la vita di piante e animali era scarsa, e che le tribù potevano patire la fame.

4 Disegna una figura su ciascuno di questi punti: sono descrizioni degli eventi significativi dell'anno passato. Copia alcune delle pittografie indiane raffigurate sopra.

5 Ricalca le figure sulla carta velina. Capovolgi la carta velina e ricalca nuovamente le figure sulla parte opposta, coprendo tutte le linee della matita.

6 Con il nastro adesivo fissa la mussola sul cartoncino, poi fissaci sopra la carta velina. Sfrega la matita sopra le figure, quindi rimuovi la carta velina e ridipingile.

Ora puoi colorare le figure come le pittografie raffigurate sopra, oppure scegli tu come decorarle. La prossima volta puoi creare un Conto degli Inverni che racconti la storia della tua famiglia.

I raccontastorie

Gli indiani amavano raccontare storie. Molte di esse insegnavano ai bambini a rispettare la natura e gli animali, oppure descrivevano il comportamento sociale. Le storie erano anche un modo di tramandare i costumi tribali, i rituali e le credenze religiose. Alcune tribù consideravano cattivo presagio raccontare storie o eventi mitologici durante i mesi estivi. Attendevano con ansia le lunghe serate invernali, quando si riunivano nei *tipì* o nelle capanne, rannicchiandosi vicino al fuoco. Allora ascoltavano un raccontastorie, che spesso era uno degli anziani. Un racconto poteva riportare in vita battute di caccia o battaglie del passato, oppure poteva essere completamente inventato, sebbene gli ascoltatori non potessero mai sapere se le storie erano state modificate. Questo era vero in particolare per gli Yuma. I *Grandi Sogni degli Yuma* erano racconti fantastici solitamente recitati come spettacoli teatrali e spesso basati sui rituali e sul folklore tribale.

IL ROTOLO DI UNO SCIAMANO
Questo è un esempio di rotolo di scorza di betulla. Si tratta di un documento della *Midewiwin* (Società della Grande Medicina) degli Ojibway. Molte delle cerimonie erano così lunghe e complicate che era necessario disegnare uno schema per ricordare tutti i canti e le preghiere nell'ordine giusto. Questo documento era utile per ricordare la storia e i riti d'iniziazione di una tribù. Senza di esso, la conoscenza di queste cose poteva andare perduta per sempre.

LA STORIA DIETRO LE IMMAGINI
Un capo mandan e sua moglie posarono orgogliosi per questo dipinto. Non è soltanto il copricapo dell'uomo a rivelare il suo grande coraggio in battaglia. La pelle dipinta mostrata dalla donna narra i racconti della storia tribale. Le scene di guerra mostrano che in passato la tribù ha affrontato con successo numerose battaglie. Questo dipinto di gruppo fu realizzato tra il 1833 e il 1835 da George Catlin. I dipinti di questo artista sono essi stessi un modo di raccontare delle storie: sono infatti un'importante fonte d'informazioni sulla vita, i costumi e l'abbigliamento tribali, soprattutto perché gli indiani di quel tempo non scrissero mai nulla di se stessi.

Sabbia colorata

Sebbene siano molte le tribù che eseguono pitture di sabbia (vedi sopra), sono i Navajo ad aver sviluppato al massimo quest'arte. Il pittore prende con le dita polveri d'ocra gialla, bianca e rossa e d'arenaria e con esse traccia dei disegni sulla sabbia. Ogni immagine descrive esseri umani e spiriti collegati alle storie della creazione e fa solitamente parte di una cerimonia di guarigione.

Racconti eroici

Il capo sioux nella parte inferiore di questa immagine doveva essere straordinariamente coraggioso, poiché il suo copricapo è molto lungo. Dipingere scudi di guerra era un'arte antica, utilizzata per tramandare i racconti delle gesta eroiche. E' probabile che questo scudo sia stato dipinto da uno dei guerrieri che presero parte allo scontro. Gli scudi erano conservati all'interno della capanna e portati fuori quando il guerriero narrava quanto era stato coraggioso. In seguito sarebbe stato passato ai suoi figli per tenere vivo il ricordo.

Scritto sulla pietra

Questi bambini stanno leggendo la storia dei loro antenati a Colorado Springs. Nell'Età della Pietra, alcuni indiani del Nord America (i primi popoli pueblo) scolpirono nella pietra animali e figure che ci dicono qualcosa della loro vita.

Lo storico

Un ragazzino osserva suo padre mentre dipinge gli eventi della storia tribale su una pelle d'animale essiccata. Sta già apprendendo quanto sia importante documentare la storia familiare. Ancora nel 1903, quando fu realizzato questo dipinto, molte tribù usavano la scrittura per immagini, non la parola scritta dell'uomo bianco.

La storia della vita

Pali totemici come questo sono un elemento caratteristico della Costa Nord-Ovest. Generalmente venivano scolpiti da tronchi di cedro rosso e narravano la storia tribale o familiare. Ogni volto era una creatura mitica, un animale protettore. I pali frontali venivano eretti davanti alle case degli Haida, mostrando le insegne della famiglia che viveva all'interno.

Miti e leggende

La vita tribale era piena di miti e racconti famosi. Le leggende riguardanti antenati, divinità e spiriti venivano tramandate da una generazione all'altra. Alcune fra le più grandi leggende erano narrate tramite canti e danze nel corso degli incontri principali. Spesso erano collegate a credenze religiose, e molte delle storie erano un tentativo di spiegare le origini della tribù e dell'universo. Gli Haida, gli Snohomish e i Quinault (tribù della Costa Nord-Ovest) credevano che gli animali fossero gli abitanti originari della terra. Credevano inoltre che un coyote (una specie di cane selvatico) potesse togliersi la pelliccia e rivelare un uomo nascosto all'interno. Fu il dio Kwatee a creare gli esseri umani dal coyote. Gli Irochesi credevano in una Donna-Cielo e dea della terra da essi chiamata Ataensic, che morì dando alla luce due gemelli. Dopo la sua morte, uno dei gemelli creò il mondo dal corpo della madre. Nella mitologia dei Navajo una dea del cielo, Donna Conchiglia Bianca, si occupa dell'acqua, mentre sua sorella è una dea della terra che fa cambiare le stagioni nel corso dell'anno.

TESTE CESPUGLIOSE
I membri della Società Irochese delle Teste Cespugliose indossavano questo tipo di maschera. Si dice che questi uomini avessero speciali poteri di guarigione e fossero in grado di maneggiare le ceneri calde del fuoco e cospargerle sulle teste dei pazienti. Le maschere erano fatte di foglie di mais intrecciate.

PIÙ GRANDE DELLA VITA
Il potente Uccello del Tuono era una straordinaria creatura soprannaturale, qui raffigurata in una scultura di legno degli Haida. Si credeva che lo sbattere delle sue ali provocasse il tuono, e che il fulmine colpisse quando sbatteva gli occhi. Gli Algonchini dell'Est chiamavano questi esseri soprannaturali "i Nostri Nonni". Essi potevano combattere con altri esseri o far del bene agli uomini.

CREA LA MASCHERA DI UNO SPIRITO

Materiale occorrente:
cartoncino spesso; forbici; matita; nastro adesivo; carta di giornale; farina; acqua; ciotola e forchetta per mescolare; carta abrasiva fine; pitture acriliche di colore rosso e bianco; pennelli; ciotolina per l'acqua; punteruolo; elastico; spago; colla; pennello per colla.

1 Ritaglia un pezzo ovale di cartoncino, poco più grande del tuo viso. Fai quattro tagli di 2 cm, due verso il basso e due verso l'alto, come in figura.

2 Sovrapponi i margini e fissali. Avrai così una struttura tridimensionale da adattare al viso. Chiedi a un amico di segnare i fori per gli occhi e per la bocca.

3 Ritaglia i fori, quindi crea il naso, le guance e la bocca. Piega alcuni pezzetti di carta di giornale per creare le forme giuste e fissali con il nastro adesivo.

Il volto di un pesce

Un Inuit scolpì questa maschera raffigurante un pesce e il suo spirito. I popoli inuit e aleutini indossavano maschere per onorare gli animali locali come la balena, la foca, l'orso e il caribù, tutte importanti fonti di cibo. Il popolo cercava di compiacere gli spiriti degli animali che avrebbero assicurato grandi quantità di cibo. Alcune maschere avevano teste d'animali dal volto umano. Venivano indossate per una cerimonia, quindi bruciate o sepolte.

La maschera di uno spirito

Questo volto spaventoso è una maschera degli Inuit. Le creature del mondo degli spiriti erano raffigurate nelle maschere, e così si credeva che queste fossero vive. Le persone comuni indossavano le maschere durante le cerimonie, ma gli sciamani le portavano spesso. Una maschera scolpita da uno sciamano gli conferiva poteri spirituali per guarire le persone malate.

Spiriti da invocare

Questa bambola *kachina* rappresenta il dio del Fulmine. Gli Hopi, gli Zuni e altri indiani Pueblo scolpivano molte bambole *kachina*. Non si trattava di bambole normali: una kachina era uno spirito guardiano. Gli Hopi credono che gli spiriti vivano nelle montagne. Essi scendono nel giorno del solstizio d'inverno (giorno più corto dell'anno) e rimangono tra la gente fino al solstizio d'estate (giorno più lungo).

La nascita di una leggenda

Le pittografie su questo scudo di guerra sioux mostrano che la tribù combatté in una grande battaglia. I guerrieri sono stati circondati dalla cavalleria degli Stati Uniti (le figure ai margini). Molte scene di famose battaglie sono state raffigurate sugli scudi.

La tua maschera è stata realizzata secondo le caratteristiche della Società delle Facce False degli Irochesi. Il proprietario era un membro di questa società, e usava la maschera per curare i malati durante le cerimonie.

4 Fai un impasto di farina e acqua. Ritaglia alcune striscioline di carta di giornale, immergile nell'impasto e usale per ricoprire la maschera. Fai 2-3 strati.

5 Lascia asciugare la maschera. Una volta asciugata, rendila liscia usando la carta abrasiva. Dipingila di bianco e poi di rosso, oppure con diversi strati di rosso.

6 Una volta asciugata la pittura aggiungi altri dettagli con il colore bianco. Fai un buco per lato. Lega un elastico ai buchi prendendo la misura intorno alla tua testa.

7 Prendi lo spago, bagnalo leggermente e quindi disfalo un po', così da ottenere delle cordicelle. Lascialo asciugare e incollalo alla maschera per creare i capelli.

Artigianato

Uomini e donne indiani erano esperti artigiani. Sono state ritrovate stupende pentole databili intorno all'anno 1000 a.C. I popoli del Sud-Ovest erano famosi per la produzione di ceramica. Le ciotole bianche e nere dei Mimbré erano note come pentole funebri, poiché venivano rotte e seppellite nella tomba alla morte del proprietario. Canestri e coperte erano altri importanti oggetti d'artigianato. Gli antichi Anasazi erano conosciuti come la "cultura dei canestri", grazie alla vasta gamma di canestri da essi prodotta. Alcuni erano intrecciati tanto strettamente da riuscire a contenere l'acqua. Gli Apache intrecciavano grandi canestri piatti usando fibre di salice e di altre piante, mentre i Paiute fabbricavano canestri conici che poi si appendevano alla schiena per raccogliere il cibo. Tutti gli indiani utilizzavano i materiali più comuni come legno, corteccia, conchiglie, aculei di porcospino, penne, osso, metalli, pelli e argilla.

La canestraia
Una donna nativa dell'Arizona sta creando un canestro tradizionale a spirale. Potrà essere usato per contenere il cibo oppure come copricapo. Le tribù tlingit e haida della Costa Nord-Ovest erano tra quelle che utilizzavano cappelli-canestro di forma conica.

La ceramica
Il popolo zuni del Sud-Ovest creava bellissimi pezzi di ceramica come questo. Usavano i canestri come calchi per l'argilla, oppure avvolgevano a spirale sottili rotolini d'argilla. In seguito lisciavano la superficie con l'acqua. Uccelli e animali erano fra le decorazioni preferite.

Perforare zanne di tricheco
Un artigiano inuit sta lavorando questo pezzo d'avorio con un trapano. Tiene fermo il trapano con il mento: in questo modo le mani sono libere di spostarsi sull'arco avanti e indietro come una sega, spingendo la punta del trapano nell'avorio.

Crea una tazza

Materiale occorrente: *argilla da modellare che si asciuga all'aria; ripiano; acqua in una ciotola; matita; righello; pitture acriliche o a guazzo di colore nero e bianco; pennelli fini e medi; smalto atossico.*

1 Prendi un pezzo d'argilla, arrotolalo e appiattiscilo fino a ottenere un cerchio di circa 10 cm di diametro. Poi arrotola due salamini d'argilla.

2 Inumidisci leggermente i margini del cerchio d'argilla. Appoggia un'estremità del primo salamino d'argilla sul margine del cerchio e avvolgilo a spirale. Sali verso l'alto con la spirale.

3 Continua ad avvolgere, poi prosegui con il secondo salamino. Quindi inumidisciti le dita per lisciare la spirale fino a ottenere la forma di una bella tazza, lavorando dall'esterno.

ACULEI E PERLINE

Le perline erano usate per decorare qualsiasi cosa, dai mocassini alle camicie, e anche per creare gioielli. Le perline di vetro importate dai mercanti europei a partire dal Cinquecento sostituirono gli aculei di porcospino. Solitamente questi venivano fatti bollire, tinti e appiattiti, quindi intrecciati insieme a formare strisce secondo uno schema preciso.

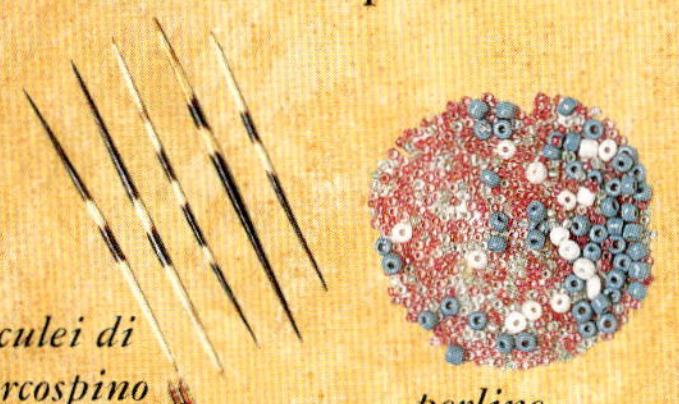

aculei di porcospino

perline di vetro

LA COPERTA PARLANTE

Una donna tlingit poteva impiegare sei mesi per creare una delle famose coperte *Chilkat*, intrecciando con le dita fibre di corteccia di cedro e lana di capra di montagna. I Tlingit dicevano che, per chi sapeva ascoltare, le coperte parlavano.

I FRUTTI DEL TELAIO

Le coperte a strisce erano la specialità degli indiani del Sud-Ovest. Questa donna hopi sta usando un telaio verticale fabbricato con dei pali. I popoli pueblo furono tra i primi indiani nordamericani a tessere in questo modo.

Ogni tribù possedeva il proprio stile decorativo e i propri colori. Questi schemi geometrici erano comuni nel Sud-Ovest.

4 Arrotola un altro salamino d'argilla per la maniglia. Inumidisci le estremità e premile sulla tazza in modo da creare una maniglia. Lascia asciugare.

5 Usando una matita appuntita, traccia il disegno che preferisci sulla tazza. Puoi seguire uno schema indiano tradizionale oppure puoi inventarne uno.

6 Usando pitture a guazzo o acriliche, colora lo schema tracciato sulla tazza. Utilizza un pennello fine per creare uno schema a scacchi formato da linee sottili.

7 Quando la pittura si è asciugata cospargi la tua tazza di uno o due strati di smalto atossico usando un pennello normale. Questo la proteggerà.

Giochi e divertimenti

Per quanto le condizioni di vita fossero durissime, gli indiani trovavano sempre il tempo di rilassarsi giocando e divertendosi. C'erano giochi di fortuna e d'azzardo, e c'erano gare d'abilità. I giochi di fortuna comprendevano gare di indovinelli, i dadi e giochi con le mani in cui una persona doveva indovinare in quale mano l'avversario aveva nascosto ossicini segnati o pezzetti di legno. Il tiro con l'arco, il lancio del giavellotto e le gare di destrezza erano giochi adatti per migliorare l'abilità nella caccia; c'era poi una gran varietà di giochi con i bastoni e la palla, come il *lacrosse*. I bambini amavano il nuoto e le gare di corsa. Nel Nord ragazze e ragazzi gareggiavano sui *toboggan* (slitte). Passatempi impegnativi come questi aiutavano a sviluppare alcune caratteristiche di cui gli indiani d'America necessitavano per sopravvivere, come ad esempio la forza, l'agilità, il coraggio e la resistenza. Le corse rituali a piedi avevano anche un'importanza cerimoniale. Correndo in questo modo si credeva di aiutare i raccolti a crescere, di far arrivare la pioggia e di dare rinnovata energia al sole.

GIOCHI DI SQUADRA
Il Gioco della Palla delle tribù dei Creek, Seminole, Cherokee e Choctaw era simile al *lacrosse*. Questi popoli usavano due mazze, mentre nel *lacrosse* se ne usa una sola. I Cherokee lo chiamavano "Fratellino della Guerra", mentre per i Choctaw era la "Palla col Bastone".

DIVERTIMENTO SULLA NEVE
Questi bambini inuit si stanno divertendo a scivolare sulla neve con un *toboggan*. Sono ben coperti da pelli di animali. Gli adulti irochesi giocavano a Serpente nella Neve facendo scivolare una lancia sul ghiaccio il più lontano possibile.

CREA UNA MAZZA DA *LACROSSE*

Materiale occorrente: *cartone spesso; righello o metro da sarto; matita; forbici; nastro adesivo; compasso; bastoncino da barbecue o altro oggetto per fare buchi; bastone di bambù (lungo da terra alla tua cintola); colla; pennello per colla; laccio; pittura marrone; pennello per pittura; ciotolina per l'acqua; palla leggera.*

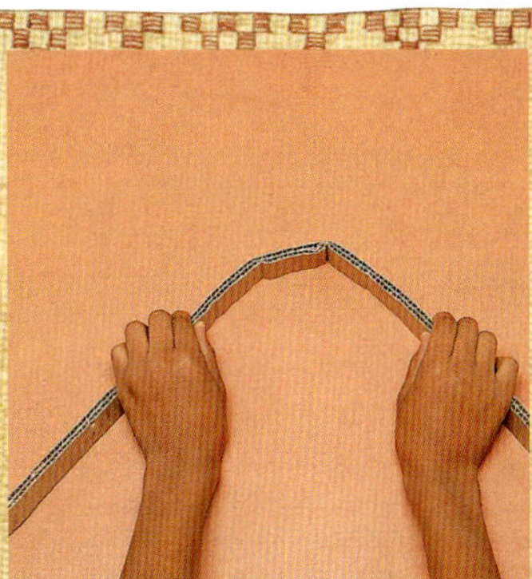

1 Misura e ritaglia una striscia di cartone di 120 cm x 3 cm. Piegala curvandola al centro (oppure ritaglia due strisce di 60 cm x 3 cm e uniscile con nastro adesivo).

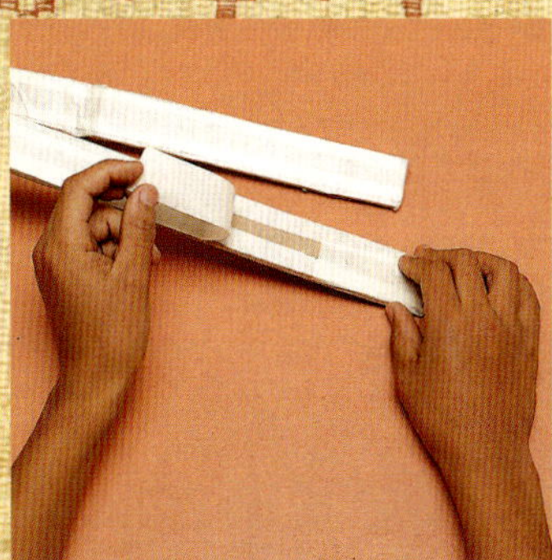

2 Ricopri completamente il cartoncino di nastro adesivo. Inizia dai margini e continua intorno, mantenendo la forma piegata. Copri entrambi i lati.

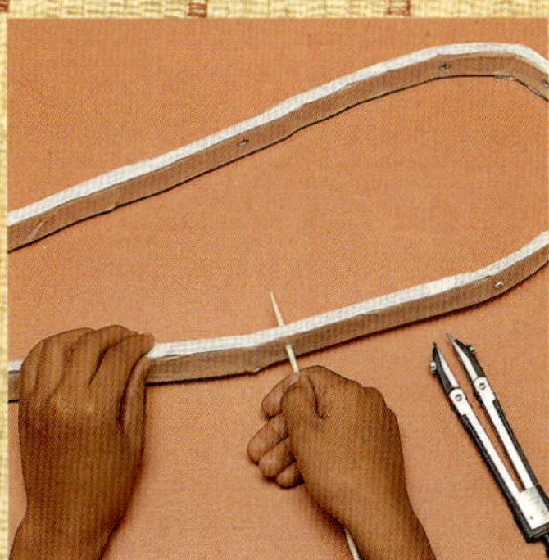

3 Usa un compasso per segnare due punti dal centro della curva (a 10 cm di distanza), quindi altri due e due ancora a 10 cm. Fai quindi i buchi corrispondenti.

La gara della freccia

Nell'immagine guerrieri delle Pianure giocano al tiro al bersaglio, che era fatto d'erba, legno o corteccia. Un gioco più avventuroso per gli arcieri consisteva nel gettare in aria un fagotto e provare a colpirlo con una freccia prima che ricadesse a terra. Questo era uno dei passatempi preferiti dai Mandan, che provavano a scoccare simultaneamente diverse frecce dallo stesso arco.

Lo scopo del gioco del lacrosse è quello di lanciare la palla di pelle tra i pali della meta avversaria. Assomiglia un po' all'hockey, ma invece di colpire la palla, questa viene trattenuta nella rete della mazza o racchetta.

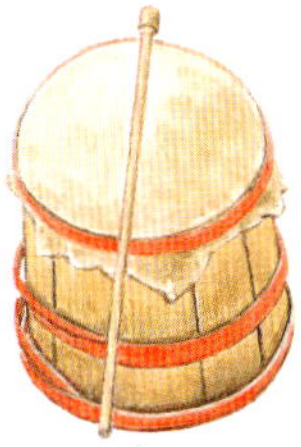

tamburo e mazza

flauto di legno

tamburo delle Pianure

sonaglio

Tempo di musica

Gli strumenti musicali erano fabbricati utilizzando materiali quotidiani. I più importanti erano i tamburi. C'erano diversi tipi di tamburi piatti o profondi, per la maggior parte di pelle grezza (pelle di bisonte non conciata) tirata su una struttura di legno scolpito.
I Sioux suonavano spesso flauti di canna o di legno per corteggiare le proprie future mogli.

Tenere il ritmo

Canti e danze erano una componente essenziale delle cerimonie.
Essi ispiravano visioni agli ascoltatori, che spesso univano il proprio canto al ritmo del tamburo.

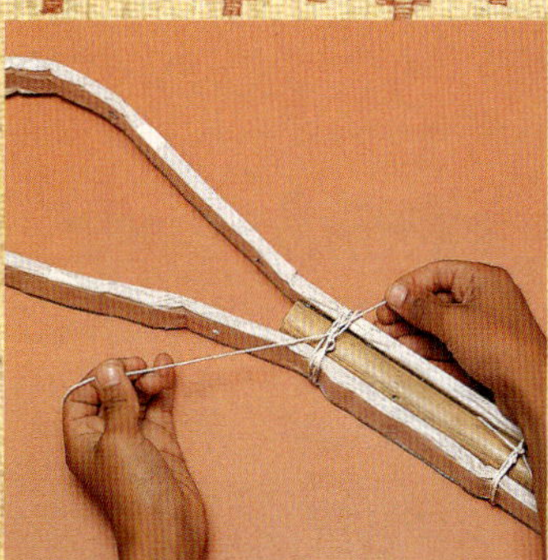

4 Incolla le estremità della striscia di cartoncino alla punta del bastone di bambù, lasciando un cappio come in figura. Lega fermamente con il laccio.

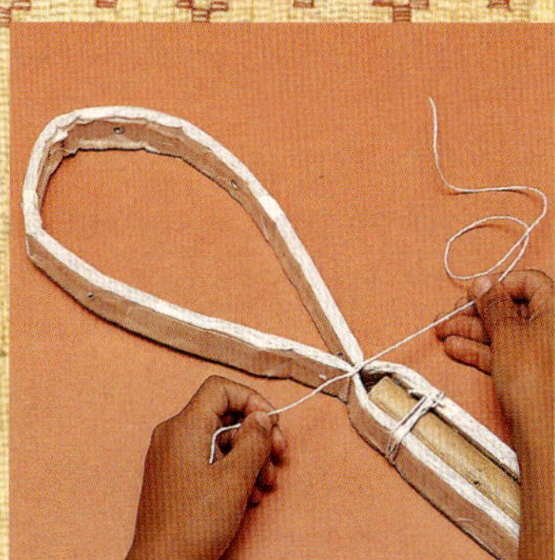

5 Lega il cartoncino appena sotto il cappio, all'estremità del bambù. Fissalo strettamente con il laccio, di cui poi taglierai via le estremità. Ora dipingi il bastone di marrone.

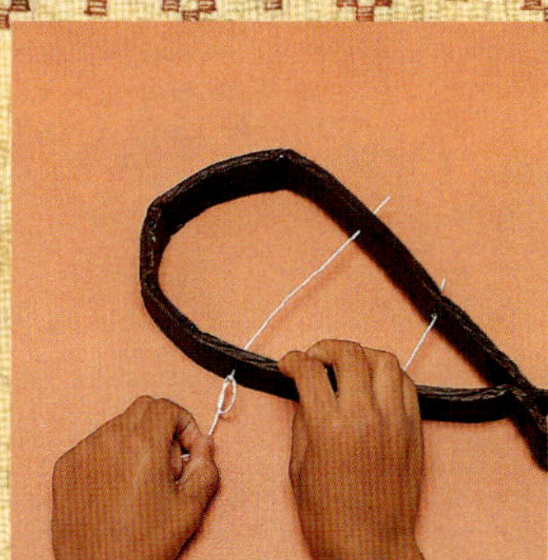

6 Una volta asciugata la pittura, inserisci due cordicelle orizzontalmente tra le due coppie di fori prodotti in precedenza. Lega le cordicelle dall'esterno.

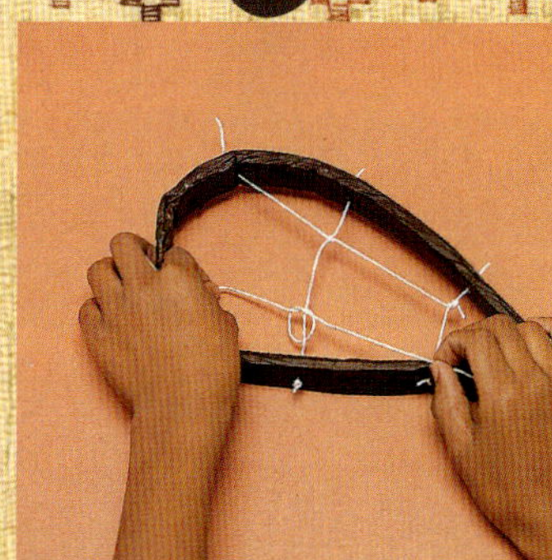

7 Ora inserisci due cordicelle verticalmente nei due buchi rimasti, legandoli anche alle due cordicelle orizzontali, come in figura. Usa una palla leggera.

Il contatto con gli Europei

I Vichinghi furono i primi Europei a scoprire l'esistenza del Nord America. Furono però altri esploratori, giunti circa 500 anni dopo, a produrre l'impatto più forte. Questi Europei rivendicarono il possesso delle terre americane in nome dei rispettivi Paesi d'appartenenza, stabilendo insediamenti di coloni. Infine scacciarono molti indiani nordamericani, uccidendone a migliaia. Quando Cristoforo Colombo approdò nelle Bahamas, nel 1492, rivendicò quelle terre in nome della Spagna. Lo Spagnolo Ponce de León approdò in Florida nel 1512, mentre Hernán Cortés conquistò l'impero azteco in America Centrale nel 1521. Leggende che parlavano di montagne d'oro nel Sud-Ovest spinsero fin là una spedizione spagnola guidata da Vasquez de Coronado. Egli incontrò indiani Apache, Hopi, Pawnee e Wichita, ma non scoprì mai l'oro. Purtroppo gli esploratori e i colonizzatori europei non trattarono mai gli indiani come loro pari. Essi cercarono di costringere le tribù a cambiare il proprio stile di vita, le proprie credenze, e persino ad adattare il proprio artigianato tradizionale al gusto dei clienti europei.

ANTICHI VISITATORI
Il re vichingo Erik il Rosso fece vela alla volta della Groenlandia nel 982 d.C. Era probabilmente alla ricerca di nuovi partner commerciali. Suo figlio Leif salpò in seguito verso Newfoundland e vi stabilì un insediamento in un luogo oggi chiamato L'Anse aux Meadows. Venne stabilito un commercio di pellicce e avorio con l'Europa settentrionale.

IN PARTENZA
Colombo e il suo equipaggio si preparano a salpare dalla Spagna, nel 1492, in cerca di una rotta commerciale verso l'India. Colombo non raggiunse mai l'Asia, ma approdò sull'sola di San Salvador, nelle Bahamas. Il popolo arawak che vi abitava credette che Colombo e i suoi uomini provenissero dal cielo e li accolsero con grandi onori. Colombo iniziò a rivendicare le isole per l'impero spagnolo, facendo schiavi moltissimi nativi.

Una terra lontana

Questa cartina, risalente all'incirca al 1550, mostra la rozza impressione che gli Europei avevano del Nord America. Enrico II di Francia ordinò al cartografo (disegnatore di cartine) reale Descallier di creare una mappa del Nord America.
I Francesi intendevano acquisirvi nuove terre. Jacques Cartier, un esploratore francese, trascorse otto anni a esplorare la regione del fiume San Lorenzo. Entrò in contatto con le comunità degli Huron. Scrisse al re che sperava che gli indiani sarebbero stati "facili da addomesticare".

Un uomo con una missione

Un indiano delle Pianure guarda un missionario con sospetto. Le tribù orientali furono le prime a incontrare i missionari francesi, che chiamarono "Vesti Nere".
In California gli indiani furono costretti a vivere nelle missioni e a lavorare negli attigui villaggi spagnoli.

Dire una preghierina

Queste bambine indiane vestite con abiti europei furono separate dalle proprie famiglie e dai costumi tribali. Gli Europei non riuscirono a capire la società e le credenze religiose degli indiani d'America: volevano convertirli al cristianesimo, se necessario con la forza.
In molte aree i bambini furono rapiti e mandati nei collegi dei bianchi, dove ricevettero un nome europeo e vennero loro insegnate religione, lingua e storia europee.

L'APERTURA DELLE PISTE
Sacajawea, una ragazza shoshone, guidò nel 1804 il capitano americano Meriwether Lewis e William Clark dal Mississippi alla costa del Pacifico. Ci misero più d'un anno. Il presidente Thomas Jefferson chiese loro di tracciare una mappa del territorio compreso fra il fiume Mississippi e le Montagne Rocciose. Si apriva così la strada all'avanzata dei coloni verso Ovest.

Coloni europei

A partire dal Cinquecento l'America fu visitata da Inglesi, Francesi e Spagnoli in numero sempre crescente: gli Europei fondarono colonie per espandere i propri possedimenti. Furono più che altro Inglesi e Francesi a rimanere. In un primo momento gli insediamenti si fermarono alla costa Est e al Canada orientale, ma gradualmente l'esplorazione avanzò nell'entroterra, incontrando nuove tribù. Gli Europei portarono malattie in precedenza sconosciute agli indiani. L'epidemia di vaiolo del 1837 decimò quasi completamente la tribù mandan, una tribù che un tempo contava oltre 2500 persone; i sopravvissuti furono meno di 200. I colonizzatori continuarono a scacciare gli indiani. Fra il 1760 e il 1780 i coloni combatterono per ottenere l'indipendenza dai rispettivi imperi d'origine. Nel 1783 gli Stati Uniti furono ufficialmente riconosciuti come Stato indipendente dalla Gran Bretagna. Il governo americano intendeva deportare le tribù orientali a ovest del fiume Mississippi, e così nel 1803 acquistò il territorio della Louisiana dalla Francia per la somma di 15 milioni di dollari; le dimensioni degli Stati Uniti raddoppiarono e terminò il dominio francese. Ma non si fermò qui: gli Stati Uniti continuarono a spingere la frontiera verso Ovest.

L'AVANZATA NELLE PIANURE
A partire dal 1850 le carovane di carri furono il segnale che i tempi stavano cambiando per le tribù delle Pianure. Sebbene i coloni avessero già vissuto in America per circa 300 anni, erano rimasti per gran parte sulla costa orientale. Il governo statunitense incoraggiò le famiglie bianche a spostarsi verso l'interno.

CASA DI TERRA
Ecco un esempio di *soddy*, una casa letteralmente fatta di zolle di terra tagliate dal terreno. I pionieri dovettero costruire le proprie case con qualsiasi cosa fosse a portata di mano. La vita era molto dura per i bambini: dovevano svolgere vari compiti lavorativi, come ad esempio dare da mangiare alle galline. Se erano fortunati, andavano a scuola.

Un nuovo Paese

Indiani delle Pianure osservano un treno avanzare sbuffando in una nuova cittadina. La terra era sacra per le tribù, che la chiamavano Madre Terra. I coloni pensavano che le tribù sprecassero il territorio, e ci costruirono sopra paesi e ferrovie. Dapprima il governo federale si prese semplicemente la terra per darla ai coloni. In seguito comprò migliaia di acri di terra indiana con vari trattati (accordi), usando la forza se gli indiani non erano d'accordo.

In cerca dell'oro

Un uomo sta setacciando la sabbia in cerca d'oro. Alla fine del 1848, quando fu scoperto l'oro in California, ebbe inizio la Corsa all'Oro. Migliaia d'immigranti giunsero sulla Costa Ovest provenienti da tutto il mondo. In forza del loro grande numero, gli immigranti scacciarono gli indiani dalle proprie terre.

Attacco al treno

Guerrieri delle Pianure attaccano un treno che sta attraversando i loro territori di caccia. Le tribù delle Pianure avevano sempre fieramente difeso la propria terra. Ora si volsero contro i nuovi invasori. Sempre più coloni venivano incoraggiati a trasferirsi nelle Pianure. Dal 1860 in avanti furono costruite linee ferroviarie che attraversavano le terre indiane. Queste ferrovie erano costruite sopra luoghi sacri e distruggevano i territori di caccia al bisonte, indispensabili alla sopravvivenza delle tribù. Per questo gli attacchi contro i coloni, i treni e i posti di scambio dei bianchi divennero sempre più frequenti.

La cultura del cavallo

In epoche preistoriche, in America vagavano cavalli selvaggi, che però si estinsero durante l'Era Glaciale. Gli Spagnoli reintrodussero il cavallo in Nord America a partire dal Cinquecento, trasportando cavalli a bordo delle proprie navi. Man mano che gli Spagnoli si spostarono nell'entroterra a nord del Messico, sempre più tribù entrarono in contatto con i cavalli. Le autorità spagnole ne proibirono il commercio, ma gradualmente le tribù li ottennero in un modo o nell'altro. Partecipare a una razzia di cavalli era considerato un grande onore. L'arrivo di questi animali nelle Pianure ebbe un effetto drammatico sulla vita tribale. Con il cavallo gli indiani poterono espandere i propri territori di caccia, e la caccia al bisonte divenne molto più facile. I cavalli potevano trasportare o tirare carichi molto più pesanti, compresi *tipì* assai grandi. Nel Settecento i Crow commerciavano cavalli con tribù dell'altopiano come i Nez Perce, i Cayusés e i Palouse. I Cayuse divennero famosi per la creazione di una razza di cavalli molto forte, che da loro prende il nome. Anche i Palouse furono allevatori di cavalli molto abili, e diedero il nome alla razza *Appaloosa*, la preferita dai Nez Percés. Le tribù trattavano gli animali con rispetto; c'era sempre un legame speciale tra un guerriero e il suo cavallo.

UN RUOLO IMPORTANTE
I cavalli occupano un posto di rilievo nelle numerose immagini dipinte dagli indiani delle Pianure su pelli di cervo e di bisonte. Su questa coperta di bisonte dei Piedi Neri vediamo i cavalli aiutare i guerrieri a vincere una battaglia trasportando persone e oggetti verso un nuovo accampamento. In un periodo di tempo brevissimo i cavalli divennero cruciali per la vita nelle Pianure. Gli indiani non avrebbero mai più potuto tornare alla vita a piedi.

SPIRITO SELVAGGIO
Un indiano cattura un cavallo selvatico che vagava libero nelle Pianure. Il nuovo proprietario trascorreva settimane insegnando all'animale ad accettare un cavaliere sul dorso. Più spesso gli indiani razziavano i cavalli di altre tribù o dai campi dei coloni. La vita nelle Pianure produsse una razza di cavalli forte e robusta.

UNA RAZZIA DI CAVALLI
Questi indiani sembrano essere diffidenti. Alcune tribù allevavano cavalli per poi scambiarli, altre non erano così oneste. I razziatori comanche del Texas rubavano cavalli ad altri Texani e ai Messicani, per poi rivenderli a tribù amiche.

Via dalla nostra terra

Un capo si erge in piedi sul proprio cavallo per dare importanza a ciò che sta dicendo. L'uomo bianco è probabilmente meravigliato dall'abilità dell'indiano nel rimanere in piedi sul cavallo. Gli indiani delle Pianure erano famosi per essere capaci di ogni genere d'acrobazie. La sella del cavallo del capo è fatta di pelle di bisonte conciata. La maggior parte dei cavalieri indiani usavano coperte invece di selle. Molte tribù, come i Crow, fabbricavano ornamenti per le briglie e borse da sella decorate di perline, mentre altre dipingevano simboli sui propri cavalli.

Addomesticare un cavallo

Questi ragazzi stanno cercando di addomesticare un cavallo selvaggio. Quando i primi cavalli giunsero presso le tribù soltanto i giovani più coraggiosi riuscirono a cavalcarli, sebbene furono dapprima usati per trasportare beni e merci. Ci volle all'incirca una generazione prima che i cavalli venissero accettati.

Prova d'onore

Questo indiano dei Piedi Neri potrebbe essere impegnato in una razzia. Rubare cavalli a un'altra tribù era uno dei modi con cui un guerriero poteva dimostrare di essere coraggioso. Queste razzie non erano considerate un reato, ma invece un'espressione d'onore. I Comanche erano considerati i cavalieri migliori, temuti sia dalle altre tribù che dai coloni bianchi.

Capelli posticci

Crine di cavallo adorna questa Maschera delle Facce False Irochesi. Gli indiani d'America usavano qualsiasi cosa fosse a portata di mano. Il crine di cavallo era utilizzato per una gran varietà di cose. Poteva essere intrecciato per fabbricare una corda. Veniva usato come imbottitura per le culle, per fare da cuscino a un bambino piccolo. Poteva anche essere la decorazione finale di un copricapo di penne d'aquila.

Scambi e commercio

Gli indiani del Nord America avevano una lunga tradizione commerciale. Le civiltà Hopewell (200 d.C. circa) diffusero metalli e altri materiali dai propri centri intorno alla valle dell'Ohio. I Calusa della Florida meridionale possedevano una vasta rete commerciale sia nell'interno che sui mari, fino a Cuba e all'arcipelago delle Bahamas. Molti percorrevano lunghe distanze allo scopo di vendere e comprare in un "mercato" periodico. Sebbene alcune tribù usassero *wampum* (denaro in conchiglie), la maggior parte barattava le proprie merci. I popoli dei villaggi stanziali scambiavano prodotti agricoli come mais e tabacco con pelli di bisonte, canestri o penne d'aquila delle tribù nomadi. Quando arrivarono i mercanti europei, a partire dal Seicento, gli indiani scambiarono pellicce e pelli per ottenere cavalli, armi, tela di cotone e utensili di metallo. I bianchi costruirono i primi posti di scambio, come quelli della Hudson's Bay Company. Questi luoghi si trovavano solitamente lungo fiumi, che potevano essere facilmente raggiunti a bordo di una canoa.

UN CANESTRO PER LE MERCI
I pezzi d'artigianato, come questo canestro dei Salish, erano a volte commerciati fra le tribù, e in seguito con gli Europei. Gli indiani volevano in particolare coperte di lana, mentre i mercanti cercavano moltissimo le pelli di bisonte.

LE PAROLE DI UN WAMPUM
Un capo mohawk, Re Hendrick della Lega delle Cinque Nazioni, fu ritratto durante una visita alla regina Anna, alla corte di Londra nel 1710. Egli tiene in mano una cintura *wampum* fatta di conchiglie. Queste cinture venivano fabbricate per celebrare eventi storici, come la formazione della Lega delle Cinque Nazioni Irochesi.

MERCANTI COLONIALI
Un cacciatore nativo del Canada offre pellicce di castoro a mercanti coloniali nel 1777. Verranno probabilmente trasformate in cappelli di pelliccia. La pelliccia di castoro era una merce preziosa per le tribù delle Foreste. La competizione per accaparrarsi le pellicce era molto accesa fra le nazioni europee, e questo commercio fu in gran parte responsabile di numerosi conflitti tribali. Gli Irochesi erano noti per essere abilissimi cacciatori di castori e strenui difensori dei propri territori di caccia.

UNO SPETTACOLO DI PERLINE
Un indiano delle Pianure mostra una cintura *wampum* decorata di conchiglie. Le cinture erano spesso associate alle tribù algonchine e irochesi, che le usavano per commerciare, come moneta, oppure per ricordare la storia tribale. Le conchiglie dei molluschi detti *quahog* venivano cucite insieme a creare lunghe cinture rettangolari la cui decorazione celebrava accordi e trattati tribali. Persino i coloni le usarono come moneta, quando non avevano soldi a disposizione.

RISPARMIARE CONCHIGLIE
Le conchiglie e le perline ottenute da conchiglie erano la moneta principale invece dei soldi. Servivano da pegno di scambio durante i baratti. Conchiglie azzurre e bianche, come la bivalve e la littorina, erano fra le più pregiate. Come le perline, venivano appese al collo tramite un laccio di pelle grezza.

I POSTI DI SCAMBIO
Gli indiani del Nord America si ritrovavano presso i posti di scambio della Hudson's Bay Company. In cambio delle pellicce ricevevano merci europee. Molte di queste erano cose utili, come utensili di ferro e altri strumenti o tessuti colorati. Le armi da fuoco e gli alcolici commerciati a partire dal 1650 fecero più male che bene alle tribù. Man mano che il commercio aumentò, un numero sempre maggiore di *trapper* e cacciatori prese a frequentare i posti di scambio. In seguito, alcuni di questi luoghi divennero forti militari e attrassero coloni che vi costruirono intorno intere cittadine.

Guerre e guerrieri

La maggior parte delle guerre fra tribù fu combattuta per le terre o i territori di caccia, e più tardi per i cavalli. Quando gli Europei iniziarono ad avanzare all'interno, molte tribù lottarono per fermarli. Ogni tribù aveva dei guerrieri valorosi. All'interno della tribù c'erano organizzazioni militari, come i Soldati Cane dei Cheyenne, il cui compito era quello di proteggere il popolo. I guerrieri, come protezione spirituale, dipingevano sia se stessi che i propri cavalli. Una striscia bianca che attraversava il volto significava vendetta. Dopo il Settecento le tribù delle Pianure ottennero armi da fuoco dagli europei, ma ritennero che uccidere un nemico sparandogli da lontano non fosse una cosa onorevole. Al contrario, i guerrieri svilupparono un modo di combattere senza uccidere: un guerriero doveva avvicinarsi così tanto al nemico in modo da colpirlo con una lunga asta chiamata "bastone da colpi", quindi fuggire illeso. Con ogni atto di coraggio si guadagnava una penna da appendere al bastone da colpi.

MANI PESANTI
Rozzi *tomahawk* come questo risalgono all'Età della Pietra, ma erano ancora usati dai guerrieri delle Pianure alla fine dell'Ottocento. Mazze da guerra fabbricate con pietre locali erano armi micidiali, così come la mazza ottenuta dal calcio del fucile, provvista di una grossa punta sporgente.

LE ARMI
Questo *tomahawk* risale all'incirca al 1750 e apparteneva a un guerriero irochese. Prima di acquisire le armi da fuoco, i guerrieri indiani avevano una gran varietà d'armi da guerra. Usavano arco e frecce, coltelli o lunghe lance, quest'ultime preferite dai Comanche del Texas.

L'ARTE DELLA CAVALLERIA
Questo guerriero delle Pianure dimostra eccellenti doti di cavaliere. Sta cavalcando sul fianco del cavallo, reggendosi con un piede soltanto, avvinto al dorso dell'animale. Questa posizione lo protegge dal pericolo, mentre le mani rimangono libere di scagliare la lancia. I guerrieri sioux credevano che i cavalli combattessero insieme al proprio cavaliere. Se un guerriero moriva, spesso gli Apache uccidevano il suo cavallo e lo seppellivano insieme al corpo del padrone.

CREA UNO SCUDO

Materiale occorrente: *cartone spesso; righello; matita; forbici; colla; pennello per la colla; due bastoncini cilindrici lunghi 35 cm di legno di balsa (1 cm di diametro); nastro adesivo; cotone (o altro tessuto) bianco di circa 40 cm quadrati; pitture di colore rosso, nero, giallo o crema; pennelli; ciotolina per l'acqua; feltro marrone.*

1 Ritaglia due strisce di cartone spesso della misura di 2,5 x 118 cm. Incollale insieme per dar loro uno spessore doppio. Poi piegale per farne un cerchio.

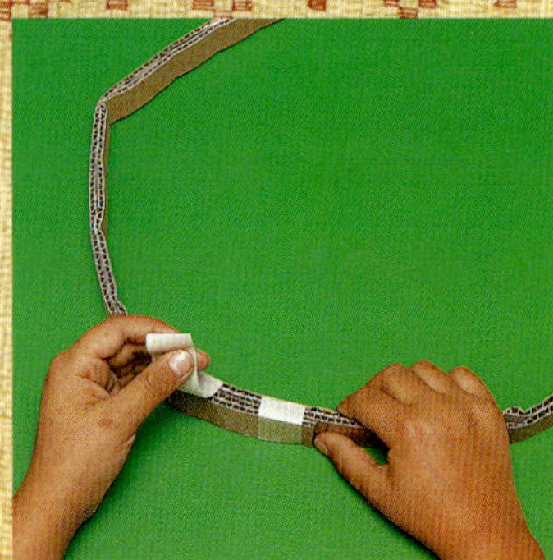

2 Incolla e fissa con nastro adesivo le estremità (sovrapponendole di circa 4 cm) a formare un cerchio. Il diametro dovrebbe essere di 36 cm. Lascia asciugare.

3 Incrocia e incolla perpendicolarmente i due bastoncini di balsa. Incollali entrambi al cerchio, uno in verticale, l'altro in orizzontale. Lascia asciugare la base.

Strumenti da guerriero

Pietre dure locali come l'ossidiana, l'ardesia o la selce erano modellate colpendole con un'altra pietra, così da creare coltelli, punte di freccia, lance e asce. Gli utensili d'osso venivano usati per scheggiare la selce in modo da ottenere punte fini e taglienti. Per creare punte di freccia metalliche si usava anche latta di scarto ottenuta dagli Europei.

selce

ardesia

Pronto per la battaglia

Il capo Quanah Parker dei Comanche indossa il proprio costume di guerra. Ogni tribù aveva un capo di guerra incaricato di organizzare gli attacchi. Solitamente non era il leader del popolo, ma clui che aveva dimostrato di essere un guerriero coraggioso in battaglia. Capo Parker guidò in battaglia i propri guerrieri in tutto il Texas. Essi combatterono contro gli Stati Uniti nella guerra di Red River del 1874-75. Sua madre, Cynthia Parker, era una donna bianca catturata dalla tribù.

L'amico dell'eroe

Lo scudo era una delle proprietà più preziose di un guerriero, cui dava protezione sia fisica che spirituale. Per fabbricarlo si usava la pelle del collo del bisonte, la parte più dura dell'animale. Poteva essere decorato con simboli, penne o scalpi.

Spesso i guerrieri dipingevano animali sui propri scudi. Una testa di bisonte (usata qui) era un simbolo di forza.

4 Distendi la tela. Usando la cornice come guida, traccia un segno circolare con la matita tutt'intorno, circa 2,5 cm più ampio della cornice. Ritaglia il cerchio.

5 Disegna uno schema decorativo sulla tela, quindi dipingilo. Uno schema semplice funziona meglio; oppure puoi dipingere una testa di bisonte. Lascia asciugare la pittura.

6 Tira la tela sulla cornice, tenendo il disegno al centro. Incolla le estremità tutt'intorno. Dipingi i margini di rosso (colore dello sfondo) per rendere il tutto uniforme.

7 Ritaglia una striscia di feltro rosso della misura di circa 2,5 x 40 cm. Incolla le estremità alla parte superiore e posteriore del retro dello scudo. E' la fascia per il braccio.

Guerra e sconfitta

IL SELVAGGIO WEST
Ci furono molti scontri fra soldati degli Stati Uniti e diverse tribù, come questo attacco nell'Ottocento. Furono anche fatti tentativi di colloqui pacifici. Ad ogni modo, i documenti militari dimostrano che fra il 1863 e il 1891 si verificarono 1065 combattimenti.

Dal 1775 al 1783 i coloni combatterono e ottennero infine l'indipendenza dalla Gran Bretagna. Alcuni indiani rimasero neutrali durante la Rivoluzione Americana, altri furono coinvolti da una parte e dall'altra. All'inizio la Lega delle Nazioni Irochesi non voleva rimanere invischiata nei litigi fra uomini bianchi, anche se si era già alleata con gli Inglesi contro i Francesi in altre guerre europee. La Lega rimase divisa, e alla fine molte tribù si allearono con gli Inglesi. Nel 1777 si trovarono a combattere contro gente del loro stesso popolo, gli Oneida, i quali si erano schierati con gli Americani. Nel 1783 gli Stati Uniti ottennero l'indipendenza e, con rinnovata energia, ripresero a pretendere nuove terre anche con l'approvazione della Legge per la Rimozione degli Indiani del 1830. Lo scopo era quello di deportare le tribù orientali a ovest del fiume Mississippi, fino a rinchiuderle nelle riserve (aree destinate agli indiani). I Choctaw furono la prima tribù a essere deportata in Oklahoma nel 1830. Furono seguiti dai Chickasaw, Creek e Seminole. Gli indiani combatterono molte battaglie lunghe e amare nel tentativo di difendere la propria patria. Molte terre destinate a divenire riserve non erano fertili né produttive come gli antichi territori tribali, e alcune tribù dovettero affrontare la morte per fame.

LA PISTA DELLE LACRIME
La nazione cherokee, con il cuore spezzato, viene costretta ad abbandonare la propria patria nel 1838-39. Durante il viaggio verso ovest caddero pioggia e neve, mentre i soldati forzavano gli indiani a spostarsi velocemente. Si stima che quasi 4000 Cherokee morirono di stenti e per congelamento.

CREA DUE CAVIGLIERE DA DANZA

***Materiale occorrente:** feltro bianco; righello; matita o penna da feltro; forbici; filo forte; ago; 10-16 campanelline (da 5 a 8 per ciascuna caviglia).*

1 Ritaglia due strisce di feltro bianco da 75 x 5 cm. Misura e traccia una linea perpendicolare alle strisce di feltro a 24 cm di distanza da un'estremità. Fai la stessa cosa all'altra estremità.

2 Ora traccia una serie di segni sulla riga mediana delle strisce. Comincia a 3 cm di distanza dalla linea, poi segna un punto ogni 3 cm. Qui andranno le campanelline.

3 Crea le frange a ciascuna estremità della cavigliera, ritagliando entrambe le estremità della fascia fino alla linea tracciata a matita. Fai la stessa cosa con l'altra cavigliera.

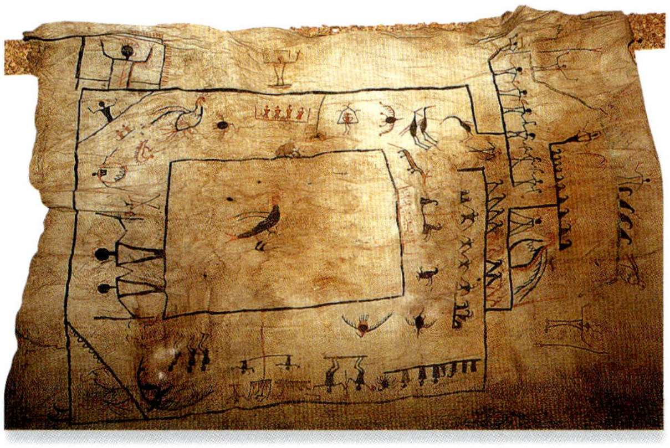

Il fagotto di guerra

Questa pelle di cervo fu usata per avvolgere un fagotto di guerra. Vi sono dipinti un Uccello del Tuono e altri esseri soprannaturali per protezione spirituale. Un fagotto poteva contenere le erbe medicinali di un guerriero o le pitture di guerra.

Lo scudo sopravvissuto

Questo scudo di guerra apparteneva a un guerriero dakota (sioux) della fine dell'Ottocento. Potrebbe essere stato usato nella Battaglia di Little Big Horn. In quel periodo le tribù sioux si scontrarono in molte battaglie contro l'esercito americano. Nel 1851 le loro terre furono definite da un trattato. Poi, quando venne scoperto l'oro nel Montana, molti cercatori violarono i trattati attraversando la terra dei Sioux, e così la guerra scoppiò di nuovo.

La fine del generale Custer

La Battaglia di Little Big Horn, nel 1876, viene considerata la più grande vittoria degli indiani del Nord America. L'intero Settimo Cavalleggeri di Custer fu sconfitto dalle sottotribù dei Sioux, dopo che i soldati avevano attaccato un villaggio indiano. Purtroppo questo rese i soldati americani ancora più brutali nei rapporti con le tribù.

Danza di Guerra

Guerrieri sioux eseguono una Danza di Guerra. Durante la danza un uomo-medicina cantava e chiedeva guida spirituale e protezione per i guerrieri che sarebbero andati in battaglia. Dopo la battaglia si eseguivano altre danze.

4 Infila in un grosso ago un filo grosso doppio e annodalo. Inserisci l'ago nel feltro in corrispondenza del primo punto e tira finché arrivi al nodo.

5 Inserisci una campanella nel filo e falla scivolare fino al feltro. Quindi inserisci di nuovo l'ago molto vicino al punto da cui è uscito il filo.

6 Spingi dentro l'ago e fissa strettamente. Fai un nodo dalla parte opposta del feltro per fissarlo e taglia via il filo in eccesso. Ripeti con le altre campanelline.

Le campanelle degli indiani d'America erano cucite a strisce di pelle animale. Per le danze cerimoniali venivano legate alle caviglie o appena sotto le ginocchia.

Credenze e costumi

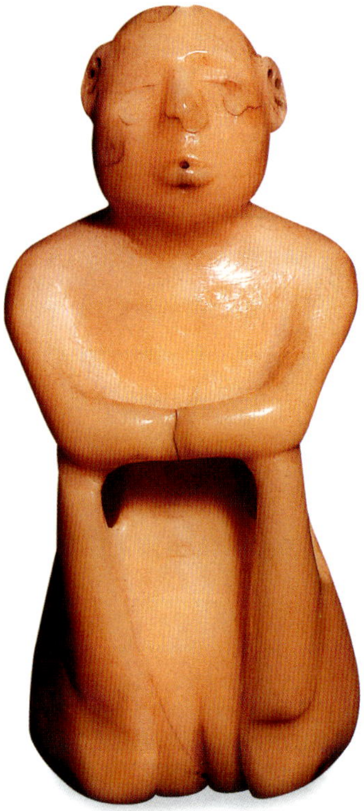

VITA INCANTATA
Questo feticcio sciamanico inuit è stato scolpito utilizzando un dente di balena. Si crede che gli spiriti chiamati *tunerak* aiutino l'*angakok* (uno sciamano inuit) nel suo lavoro. Il ruolo di sciamano viene trasmesso di padre in figlio. Fra le tribù inuit dei Padlimuit, dei Copper e degli Iglulik anche le donne possono diventare sciamane.

Gli indiani del Nord America non credevano in un unico dio. Essi credevano che i cambiamenti di stagione e gli eventi circostanti fossero causati da spiriti diversi. Secondo loro, tutto ciò che esiste al mondo possiede un'anima, o spirito, molto potente, in grado di aiutare o far del male agli esseri umani. Gli spiriti dovevano essere trattati con rispetto, ed era perciò necessario offrire loro canti, preghiere e danze allo scopo di compiacerli. Per i Sioux lo spirito più importante è *Wakan Tanka*, il Grande Spirito o Grande Mistero, cui fanno riferimento tutti gli altri spiriti. I Navajo credono nel Popolo Sacro: si tratta di divinità come Cielo, Terra, Luna, Sole, i due Gemelli-Eroi, i Tuoni, i Venti e Donna-Che-Cambia. Alcune tribù credevano negli spettri. Gli Shoshone occidentali, i Salish (Teste Piatte) e gli Ojibway consideravano gli spettri degli spiriti aiutanti vere e proprie guardie del corpo in battaglia. A condurre le cerimonie era lo sciamano (uomo-medicina), che guidava danze e rituali. Egli era anche un medico. Gli sciamani della California curano ancora oggi succhiando il male con la bocca: esso viene poi sputato e distrutto.

L'ORSO È INDISPENSABILE ALLA VITA
Questo sciamano venne soprannominato Pancia D'Orso. Apparteneva alla tribù degli Arikara, stanziata nell'area delle Pianure. Gli sciamani erano potenti, e costituivano il legame tra esseri umani e spiriti. Dopo anni di addestramento essi erano in grado di curare le malattie, predire il futuro o parlare con i defunti.

CREA UN SONAGLIO

Materiale occorrente: *cartone spesso; matita; righello; forbici; nastro adesivo; compasso; colla; pennello per colla; due bastoncini di legno di balsa larghi 2-3cm e lunghi circa 18 cm; laccio; argilla che si asciuga all'aria; bastoncino da barbecue; pittura di color crema, nero, arancio/rosso e marrone; pennelli; ciotolina per l'acqua; filo nero; ago.*

1 Ritaglia due pezzi di cartone larghi 1,5 cm, uno lungo 46 cm e l'altro 58 cm. Ricoprili interamente di nastro adesivo. Fai dei buchi a 3 cm di distanza l'uno dall'altro lungo i due pezzi di cartone.

2 Piega i pezzi di cartone in modo da formare un anello. Incolla le estremità insieme. Fissa i bastoncini a croce, in modo che si adattino alle dimensioni del cerchio più grande.

3 Incolla insieme i due bastoncini, quindi legali insieme con un laccio. Avvolgi il laccio intorno a un lato, quindi incrocia al centro. Ripeti su ogni lato.

Cure naturali

Gli uomini-medicina utilizzano un gran varietà di pozioni per curare le malattie. Tra le erbe e piante usate vi sono l'ortica, il millefoglie, il salice, lo stramonio, il tabacco; vengono utilizzate anche le formiche rosse. Possono essere fatte ingerire al paziente, applicate sulla pelle o fatte girare intorno al corpo allo scopo di scacciare il male.

La coppia felice

Il popolo menominee delle Foreste orientali fabbricava queste bambole per celebrare il matrimonio di una coppia. L'uomo e la donna in miniatura venivano legati viso contro viso per far sì che rimanessero fedeli. Le bambole compaiono nella cultura di numerose tribù, non ultimi gli Hopi e gli Zuni del Sud-Ovest. Le bambole kachina sono spiriti che si mostrano sotto forma di animali, esseri umani o piante.

Borse di medicina

Questi fagotti sacri potevano contenere cristalli, parti di animali, penne e polveri ottenute macinando piante e vegetali. Appartenevano a uno sciamano (uomo-medicina) dei Winnebago delle Foreste, il quale li usava per curare e fare incantesimi.

I sonagli sono un oggetto importante in quasi tutte le cerimonie. Presso alcune tribù, soltanto gli sciamani possono averne uno.

L'uccello sacro

Sonagli come questo, proveniente dalla Costa Nord-Ovest, a forma di Uccello del Tuono, erano considerati oggetti sacri e scolpiti per raffigurare spiriti. Venivano fabbricati utilizzando zoccoli d'animali, pelle grezza o gusci di tartaruga, quindi riempiti di semi o sassolini. Alcuni si tenevano in mano, altri venivano appesi alle collane.

4 Incolla i due anelli di cartone sulla croce. L'anello più grande rimane sui margini esterni della croce. Quello più piccolo è 1-2 cm più interno rispetto al primo.

5 Arrotola l'argilla fino a ottenere un salamino del diametro di 1 cm. Taglia da 20 a 30 semicerchi a forma di becco di pinguino. Usa un bastoncino per fare un buco a un'estremità di ciascun becco.

6 Una volta che i becchi sono asciugati, dipingili di color crema. Lasciali quindi asciugare. Dipingi le punte di nero, quindi traccia strisce rosse o arancioni. Poi dipingi i due anelli di marrone.

7 Infila il cotone nero in un becco dipinto, quindi legalo a un foro dell'anello esterno. Ripeti l'operazione per ciascun becco, usando entrambi gli anelli.

La Capanna del Sudore e altri rituali

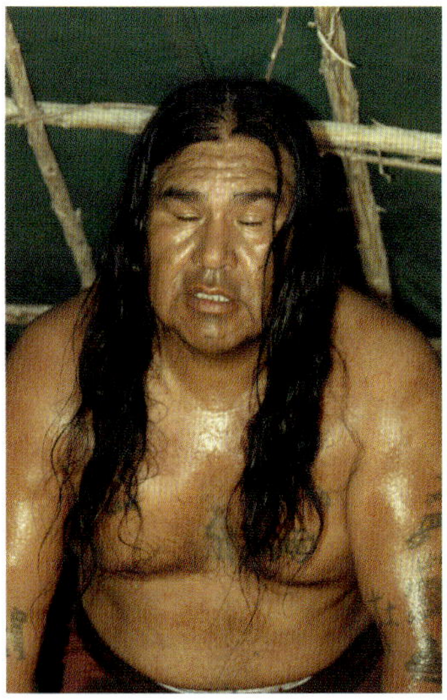

Vapore e fumo
Un uomo sacro, come questo sciamano pima, conduce Capanne del Sudore. Vengono offerte preghiere e canti, e la Sacra Pipa viene passata tra i partecipanti ogni volta che si apre la porta.

Secondo gli indiani, sudare purifica il corpo e la mente. I Sioux lo chiamano "fuoco senza fine". La Capanna del Sudore è uno dei rituali religiosi più importanti e antichi di tutto il Nord America. Gli indiani furono tra i primi popoli al mondo a usare il calore per purificare il corpo. Ma per i membri delle tribù, non si tratta soltanto di una questione d'igiene. Il rituale della Capanna del Sudore viene eseguito prima e dopo altre cerimonie, a simboleggiare l'entrata e l'uscita da un mondo sacro. I guerrieri si preparavano spiritualmente alla cerimonia della Danza del Sole dopo una Capanna del Sudore. La Danza del Sole ha lo scopo di offrire cibo e altre offerte in ringraziamento per le buone cose accadute durante l'anno, e spesso comprende atti di auto-sacrificio.

Oltre a purificare il corpo, la Capanna del Sudore veniva anche usata nella cura delle malattie e nelle cerimonie d'iniziazione dall'infanzia all'età adulta.

Un ragazzo che stava per fare il proprio ingresso nella vita da guerriero veniva spesso invitato a trascorrere del tempo con i maschi adulti della tribù. Questi gli offrivano la Sacra Pipa, che solitamente era fumata allo scopo di inviare le preghiere al Creatore: si tratta della cerimonia *Hunka*, che determinava il momento in cui la tribù riconosceva che il ragazzo era ormai pronto. Alcuni riti d'iniziazione dei guerrieri erano brutali, come ad esempio l'usanza dei Mandan di sospendere i giovani a ganci di legno inseriti nella pelle del petto, o ancora di procurare loro delle cicatrici (come nell'*Okipa*). Sia i ragazzi sia le ragazze si preparavano a passare nell'adolescenza trascorrendo da soli un periodo di digiuno.

Costruire una Capanna del Sudore
Queste due ragazze si trovano accanto alla Capanna del Sudore della loro famiglia. I tipi principali di Capanna del Sudore sono due: la capanna ricoperta di terra e quella di questo tipo, costituita da una struttura di alberelli ricoperti di coperte, tela o pelli. Le coperte vengono rimosse tra una cerimonia e l'altra. Le pietre vengono riscaldate all'esterno e quindi depositate in una buca all'interno. Versando acqua sulle pietre incandescenti si crea il vapore.

Bagni nella terra

Un indiano striscia fuori da una Capanna del Sudore ricoperta di terra per prendere un po' d'aria. Da sei a otto persone possono sedersi all'interno intorno alle pietre incandescenti, a seconda delle dimensioni della capanna. Uomini e donne prendono parte alla cerimonia, anche se è più comune fare due rituali separati. Presso alcune tribù ogni famiglia costruiva la propria Capanna del Sudore, mentre altre più grandi erano usate come templi o abitazioni. Bastoni e legna formavano la struttura, ricoperta poi di fango o argilla. Al centro si accendeva quindi un fuoco, che produceva un calore secco. All'interno era buio e l'aria era calda e appiccicosa, più o meno come nelle saune europee. La Capanna del Sudore veniva usata sia per purificare lo spirito che la pelle.

Purificati e rinfrescati

Erbe come il cedro e l'erba dolce vengono spesso poste sulle pietre incandescenti all'interno della Capanna del Sudore. Quando l'acqua viene versata sulle pietre il profumo e l'essenza delle erbe si libera insieme al vapore. Le erbe aiutano ad aprire le cavità nasali, e possono essere scelte in precedenza per curare una determinata malattia. Man mano che il calore apre i pori della pelle, le essenze delle erbe entrano nel corpo e agiscono sulla malattia, oppure aiutano a purificare lo spirito. Sudare rimuove le tossine (veleni del corpo), e gli indiani credono che costringa le malattie a uscire dal corpo.

Crescendo

Una giovane ragazza apache si è vestita per una cerimonia tribale moderna. La vita degli indiani del Nord America era piena di rituali che segnavano le tappe importanti dell'esistenza di una persona così come gli eventi tribali. C'erano cerimonie per la nascita, per l'ingresso nell'età adulta o per celebrare un cambio di stagione.

Strumenti che raccontano una storia

Questo sonaglio degli Tsimshian è stato utilizzato in numerose cerimonie. Le tribù possedevano un gran numero di strumenti cerimoniali, dai sonagli ai copricapi, dai vestiti ai bastoni. Le decorazioni di questi oggetti avevano solitamente un significato spirituale. Alcune tribù rispettavano la rana, poiché gracida per avvertire di un pericolo. Altri credevano che le loro lunghe lingue fossero in grado di succhiar via il male. Anche nei miti della creazione dei Nez Percés è citata una rana.

Danze sacre

La danza era una parte importante della vita degli indiani. Alcune danze sacre venivano eseguite prima o dopo eventi importanti come nascite, morti, matrimoni, cacce o battaglie, ma erano molto di più che una grande festa. La Danza del Mais Verde si teneva una volta l'anno presso i Creek per celebrare l'anno nuovo e la crescita delle colture. La Danza dell'Orso degli Arikara mirava a influenzare positivamente la crescita del mais e delle zucche. I danzatori indossavano spesso particolari costumi. I Danzatori del Sole cheyenne si dipingevano la parte superiore del corpo di nero (a simboleggiare le nuvole) con pallini bianchi (la grandine). I Danzatori Buffoni degli Assiniboine danzavano e parlavano al contrario, indossando maschere dal naso lungo.

La Danza del Cane

Un guerriero hidatsa della Società dei Soldati Cane esegue la Danza del Cane per ringraziare gli spiriti della propria forza. Il suo copricapo è fatto di penne di coda di gazza, con una cresta di penne di coda di tacchino. Gli Hidatsa del fiume Missouri avevano numerose società, compresa una femminile, la Società del Bisonte Bianco. Donna Bisonte Bianco era uno spirito mitico.

La Danza della Racchetta da Neve

La Danza della Racchetta da Neve era eseguita ogni inverno dopo la prima neve presso alcune tribù delle Foreste. Per gli indiani la neve significava che era trascorso un altro anno. La gente parlava di cose avvenute due nevi fa. L'inverno era un periodo difficile, il cibo era scarso e c'erano pochi animali da cacciare. La danza chiedeva agli spiriti di aiutare la tribù a sopravvivere.

Crea un bastone da danza

Materiale occorrente: *carta bianca; righello; matita; forbici; pittura color crema e bianco; pennello; ciotolina per l'acqua; otto bastoncini di legno di balsa lunghi 20 cm e spessi 3 mm; colla; pennello per colla; compasso; cartoncino spesso; carta rossa e arancione; un bastone lungo 75 cm e spesso 1 cm; laccio.*

1 Ritaglia otto penne di carta bianca lunghe 20 cm. Fai dei piccoli taglietti sulle punte e dipingile di nero. Incolla un bastoncino sul retro di ogni penna, fino a 4 cm dalla punta.

2 Usa un compasso per disegnare due semicerchi del diametro di 5 cm sul cartoncino. Ritaglia entrambi i semicerchi. Tieni in mano le penne afferrando i bastoncini.

3 Incolla la base delle penne tra i due semicerchi di cartoncino. Disponile a semicerchio. Non incollare nessuna penna al margine diritto del semicerchio.

PREPARANDOSI ALLA GUERRA
Soltanto gli uomini partecipavano alle danze di guerra, come in questa cerimonia sioux. I guerrieri che si preparavano allo scontro speravano di guadagnare il favore degli spiriti che li avrebbero protetti dai nemici. Code di cervo e penne pendevano dai loro bastoni da danza, ma lance e mazze avevano decorazioni più sinistre: mostravano infatti trofei di guerra come la testa o lo scalpo di un nemico (cioè un pezzetto di pelle e di capelli presi a un nemico).

GREMBIULE NATIVO
Questo grembiule di pelle di cervo era un tempo indossato da uno sciamano durante danze cerimoniali.
E' decorato con la figura di un castoro, un animale nativo del Nord America. Il castoro è il totem di questo sciamano, uno spirito aiutante.
Lo spirito veniva invocato per dare al danzatore la forza di scacciare malattia e spiriti maligni, così da riportare la buona fortuna.

I bastoni cerimoniali venivano usati durante le danze. A volte vi erano appesi una sola, enorme penna d'aquila o una coda d'animale.

4 Disegna e ritaglia 12 penne di carta rossa e arancione lunghe 6 cm. Fanne altre 8 rosse, lunghe 2,5 cm. Fai dei piccoli taglietti sulle punte, in modo da farle assomigliare a penne vere.

5 Dividi in due gruppi le penne lunghe 6 cm e incollale a entrambe le estremità del bastone lungo. Con il laccio, fissa la parte inferiore delle penne al bastone.

6 Dipingi i semicerchi di color crema, quindi lascia asciugare. Piega verso il retro i due margini diritti dei semicerchi e infila in mezzo il bastone. Incolla saldamente.

7 Incolla le penne rosse più piccole ai margini esterni delle penne nere (una per ciascuna). Lascia asciugare. Il tuo bastone è pronto, via alle danze!

Morte e sepoltura

La morte di un membro della tribù era seguita da una solenne cerimonia. Gli indiani credevano negli spiriti e spesso in una vita dopo la morte, perciò la persona defunta doveva essere adeguatamente preparata. Gli indiani Pueblo sfregavano farina di mais sul corpo e ponevano una maschera di cotone sul viso. Gli Cheyenne mettevano al defunto un paio di mocassini dalle suole decorate di perline: questo significava che potevano camminare sulle nuvole per incontrare i propri parenti nella Terra dell'Eterna Estate (aldilà). Gli Apache uccidevano il cavallo di un guerriero perché accompagnasse il suo padrone. I corpi dovevano essere sepolti o bruciati, a seconda della tradizione. Gli antichi Hohokam cremavano i propri morti e mettevano le ceneri in ciotole che poi venivano sepolte. Alcune tribù, ad esempio i Cree delle Pianure, seppellivano i morti nel terreno, mentre altri clan, come i Mandan, mettevano i defunti sotto tumuli di terra. Erano anche usate tombe di pietra o la stessa casa del defunto. Gli Apache portavano lontano i propri defunti e ne deponevano i resti fra i crepacci delle montagne. Sia gli Apache che i Navajo erano molto superstiziosi e temevano gli spettri. Essi bruciavano la casa del defunto e ne distruggevano o bruciavano il contenuto, così da impedire allo spettro di tornare sulla terra. Alcuni popoli pueblo rompevano ceramiche dipinte e le seppellivano con la salma a simboleggiare la liberazione dell'anima.

UNA BAMBOLA FUNEBRE
Effigi funerarie, come questa bambola proveniente dalla California, erano usate durante la cerimonia funebre e sepolte con il corpo. Alcune tribù eseguivano feste annuali per onorare e ricordare gli spiriti dei defunti.

IL PALO MORTUARIO
Gli Haida deponevano i resti umani in scatole mortuarie. Queste venivano poi messe in cima a un corto palo totemico chiamato Palo Mortuario, solitamente scolpito nel tronco di un cedro rosso. Si teneva poi una cerimonia *potlatch* (una festa in cui si facevano dei regali). Questo sfarzo materiale dimostrava il valore del defunto.

PROTETTO NELLA MORTE
Questa è una statuetta di legno che segnalava la presenza di una tomba nella regione della Costa Nord-Ovest. Fu scolpita utilizzando utensili di pietra. Molte tribù scolpivano immaginette per i propri defunti. Gli Zuni scolpivano feticci degli Dèi della Guerra (guardiani del popolo) usando legno di alberi colpiti dal fulmine. Questi erano poi posti all'ingresso di una tomba in modo da proteggerla. Altre figure e feticci venivano lasciati con il defunto in modo da fargli compagnia.

Una testa haida

Questa scultura ricorda il membro di una famiglia haida. Molte figure totemiche (di spiriti) rappresentavano antenati tribali, ed erano un modo di mantenere vivo il ricordo dei defunti. Altre sculture di figure mitiche sono state trovate su totem e pali mortuari.

Ricordando i defunti

La morte di un importante membro della tribù viene ricordata su questa pelle di cervo dipinta delle tribù kiowa e comanche. La maggior parte delle tribù delle Pianure usava la piattaforma funebre. Anche il popolo huron delle Foreste metteva solitamente i propri defunti sugli alberi. In seguito la salma in decomposizione veniva portata in un cimitero, dove i resti erano posti in una minuscola baracca (Casa degli Spiriti). I partecipanti alla veglia vi mettevano dentro cibo, olio, utensili e regali così da assistere lo spirito nell'aldilà.

La Casa degli Spiriti

Nella foto vediamo due paletti colorati che segnalano la presenza di una tomba, appoggiati a una Casa degli Spiriti in Alaska. Gli Inuit credevano che le anime tornassero nel mondo sotto altra forma. Gli animali potevano diventare umani. Quando una persona o un animale morivano, i membri della tribù facevano una festa per lo spirito, includendo anche gli animali che la persona aveva cacciato in vita.

Una piattaforma funebre

L'alto soppalco raffigurato in quest'immagine è una piattaforma funebre. I corpi dei defunti erano posti al di sopra del livello del terreno per evitare che lupi e coyote potessero mangiarli. Rimanevano così là, avvolti in un telo o in una pelle di bisonte, finché la pelle non marciva. I resti erano poi sepolti.

Cibo per l'anima

Proprio come il cibo era un fattore importantissimo nella vita tribale, così era anche nella morte. Molte tribù lasciavano offerte di cibo per i propri parenti defunti. La Festa dei Morti degli Shawnee si teneva ogni anno per onorare gli spiriti dei membri della tribù defunti. Grandi quantità di frutta e di cibo erano poste sulle tombe e candele venivano accese tutt'intorno.

Gli indiani del Nord America oggi

Cerimonie moderne
Questa coppia si è unita ad altri indiani d'America per un *pow wow* (raduno tribale). Questi incontri sono molto popolari, grazie alla recente grande ondata d'interesse per le culture tribali. I *pow wow* danno alla gente l'occasione di vestirsi con il costume tradizionale, parlare la propria lingua nativa e accrescere la propria conoscenza della storia tribale.

I documenti disponibili dimostrano che nel 1900 circa la popolazione nativa a nord del Messico era scesa da 2,5-3 milioni a 400.000 persone. Oggi gli indiani del Nord America sono circa 1.750.000. A partire dall'Ottocento molti indiani furono deportati dal governo degli Stati Uniti, che li costrinse a spostarsi dalle proprie terre ancestrali a zone chiamate "riserve". Qui ve ne sono diverse centinaia, di dimensioni più piccole di quelle statunitensi, ma gli indiani non furono trasferiti. Oggi esistono ancora circa 300 riserve federali negli Stati Uniti; alcune ospitano una sola tribù, altre contengono diversi gruppi etnici. Nel XX secolo gli indiani divennero politicamente più attivi, anche sull'onda del successo di gruppi politici come l'American Indian Movement (AIM). Le tribù cominciarono a chiedere risarcimenti per le terre rubate. I Cherokee ricevettero 15 milioni di dollari per i territori perduti. Molte riserve sono ora governate direttamente dalle tribù. Alcune sono guidate da un consiglio con un capo eletto. In un certo senso questo tipo di amministrazione è simile alla società tribale tradizionale. Ad ogni modo, il governo degli Stati Uniti ha ancora il controllo di gran parte delle restanti terre indiane. A partire dal 1970 e tribù possono gestire le scuole nelle riserve e insegnare ai bambini la propria storia ancestrale.

Una protesta tribale
Nel luglio 1978 questi indiani d'America marciarono per cinque mesi dalle rispettive riserve fino a Washington allo scopo di protestare al Congresso. Durante le manifestazioni di protesta i leader lessero una lista di 400 trattati, tutte le promesse che gli Stati Uniti avevano infranto. Per anni molte tribù cercarono di riottenere le terre rubate. Nel 1992 1,8 milioni di acri di territorio nell'Arizona settentrionale furono restituiti alle tribù navajo e hopi, che se li spartirono.

Una sosta al bar
Una famiglia seminole beve bibite gassate in un bar di Miami nel 1948. Le tribù si adattarono gradualmente al modo di vita americano, ma alcune mantennero i propri costumi e abiti. I Seminole furono costretti ad abbandonare la Florida per trasferirsi in Oklahoma nel 1878. Quasi 300 di essi rifiutarono però di lasciare le paludi Everglades, dove oggi vivono circa 2000 loro discendenti.

L'ARTIGIANATO SOPRAVVISSUTO

Il turchese si trovava nelle rocce del Sud-Ovest e veniva estratto da tribù locali, come gli Zuni e i Navajo. Si credeva che questa pietra semipreziosa scacciasse gli spiriti maligni. Il turchese viene ancora usato oggi, viene incastonato in braccialetti e collane d'argento.

turchese *argento*

LA PISTA DEI TURISTI

Una scena tradizionale inuit: racchette da neve piantate di fronte a un igloo. La maggior parte degli abitanti dell'Alaska e della Groenlandia vive in case moderne provviste di riscaldamento centralizzato. Ad ogni modo, sopravvivono ancora antiche tradizioni come quella di costruire ripari temporanei di blocchi di ghiaccio. Esse vengono tramandate di generazione in generazione e occasionalmente "rubate" dai cacciatori o da turisti che vogliono provare i costumi degli indiani del Nord America.

IL CAPO ALLO STADIO

Vestito con un costume cerimoniale completo, questo indiano partecipa alle celebrazioni che si svolgono in uno stadio di football. E' un modo di far crescere la consapevolezza dell'esistenza delle tribù. L'incoraggiamento dei giocatori non è poi molto lontano dal ruolo tradizionale di un capo nel sostenere i guerrieri in battaglia.

CUCENDO IL PASSATO

L'artigianato tradizionale degli indiani del Nord America viene prodotto ancora oggi. Il metodo di concia delle pelli è rimasto lo stesso. Durante il processo non vengono usate sostanze chimiche, e la rimozione del pelo è ancora eseguita a mano. Ad ogni modo, lo stile dei prodotti cambiò già nel Seicento per soddisfare il gusto del mercato europeo, quando i mercanti introdussero nuovi materiali.

ARTE TRADIZIONALE

Un artista indiano crea stupendi gioielli d'argento e turchese. I popoli zuni e navajo sono tra gli orafi più rinomati in questo campo. Altre tribù, come i Crow, sono famose per le decorazioni di perline.

Glossario

A

Adobe Impasto usato dagli indiani Pueblo sulle pareti delle case. Viene ottenuto mischiando argilla e paglia.
Algonchino Un gruppo composto da numerose tribù (compresi i Secotan e i Powhatan) che occupavano le stesse regioni costiere nel Nord-Est e parlavano varianti della stessa lingua.
Angakok Parola inuit che indica uno sciamano (uomo-medicina).
Antenato Un membro della famiglia morto da molto tempo.
Archeologo Persona che studia antichi resti o rovine.

B

Banchisa Grande strato di ghiaccio che galleggia sul mare.

C

Cacciatore-raccoglitore Persona che vive cacciando animali e raccogliendo radici e piante selvatiche.
Canoa Un tipo d'imbarcazione degli indiani d'America.
Caribù Specie di renna del Nord America.
Cavalleria Corpo di soldati a cavallo.
Clan Un gruppo di persone imparentate fra loro.
Coloni Persone provenienti da altri Paesi che andarono a vivere in Nord America.
Colonie Comunità o gruppi di persone che vanno a vivere in un'altra terra, ma mantengono comunque legami con il Paese d'origine.
Congresso Assemblea di persone che governa un Paese.
Corteccia Rivestimento esterno (copertura) di un tronco d'albero.
Culla Asse di legno con protezione per la testa, in cui veniva collocato un neonato durante il trasporto.

D

Dialetto Variazione locale di una lingua o accento regionale.
Discendente Persona che discende (nasce) da un individuo o un gruppo di persone vissute nel passato.

E

Effigie Figura o bambola che rappresenta qualcuno.

F

Frontiera Terra di confine tra i territori indiani e le terre che i coloni europei avevano già preso o comprato.

G

Governo federale Governo centrale di una federazione (un gruppo).
Glifo Immagine che trasmette un messaggio o ha un significato preciso.

I

Immigranti Persone che partendo dal proprio Paese vanno a vivere in un'altra terra.
Inuit Il popolo nativo dell'Artico Nordamericano, di parti del Canada e dell'Alaska, distinto da quelli dell'Asia e delle isole Aleutine. In Canada, Inuit è il nome con cui vengono indicati gli Eschimesi.
Irochesi Un gruppo di tribù delle foreste unitesi a formare un potente governo.

K

Kiva Camera sotterranea usata per le cerimonie religiose dai popoli pueblo.
Kwatee Figura mitica collegata a racconti della creazione dell'universo.

L

Lacrosse Gioco con palla e mazza provvista di una retina a un'estremità. La palla viene catturata nella retina, quindi lanciata nell'aria o sul terreno.
Leggenda Antica storia tramandata nel corso degli anni. Può far parte di un mito o essere in parte vera.
Legislazione Fare le leggi.

M

Migrazione Quando un gruppo di persone, animali o uccelli attraversa diversi ambienti per

poi stabilirsi in altre regioni, permanentemente o in periodi specifici dell'anno.
Missionari Persone religiose che andarono in Nord America per convertire gli indiani al Cristianesimo (la religione dominante in Europa).
Mito Un'antica storia o leggenda che descrive dèi, spiriti o creature fantastiche.
Mocassini Scarpe soffici di pelle liscia, spesso decorate di perline.

N

Nazione Gruppo di persone che vivono in un territorio e hanno la stessa lingua o storia.
Nicchia Un luogo sacro per il culto, spesso costruito accanto a delle tombe.
Nomadi Persone che si spostano da un'area all'altra per trovare cibo, terre migliori o per seguire le mandrie.

O

Ossidiana Roccia scura vulcanica e vetrosa che si trova nel terreno.
Oglala Sioux Un gruppo dei Sioux occidentali o Teton.

P

Palo totemico Un alto palo di legno con totem scolpiti.
Parka Cappotto molto caldo e pesante con cappuccio, solitamente fatto di pelle di caribù o di altro animale, indossato dagli Inuit dell'Artico.
Pellicce Pelli o pelo di un animale peloso, come ad esempio il castoro.
Pemmican Mistura di cibo ottenuta con carne di bisonte macinata o polverizzata, more e grasso animale.
Posto di scambio Emporio in cui genti di aree diverse si ritrovavano per commerciare.

Q

Quahog Mollusco rotondo commestibile del Nord America.

R

Riti Solenni procedure eseguite normalmente per scopi religiosi o come parte di una cerimonia.
Rituali Una serie di azioni ripetute spesso durante una cerimonia religiosa.
Riserva Un'area di territorio scelta dal governo degli Stati Uniti per rinchiudere le tribù alla fine dell'Ottocento. Talvolta le terre delle prime riserve furono sottratte nuovamente agli Indiani, che dovettero quindi trasferirsi in un'altra riserva.

S

Sauna Bagno di vapore caldo.
Scalpi Pezzi di pelle e capelli che i guerrieri tagliavano dalle teste dei nemici come trofei di guerra.
Sciamano L'uomo o la donna medicina della tribù. Queste persone sono leader spirituali e cerimoniali, oltre che medici.

T

Telaio Struttura usata per intessere fili e produrre tessuti e coperte.
Tipì Tenda conica formata da una struttura di pali coperta di pelli d'animali, usata dagli indiani delle pianure.
Tomahawk Ascia di guerra. La lama è di metallo, osso o pietra.
Totem Un incantesimo di buon augurio.
Tradizione Abitudini, credenze o praticate tramandate da una generazione all'altra.
Trappers Persone che catturano animali, specialmente per venderne la pelle.
Trattato Accordo di pace.
Travois Una struttura a forma di "V" per trasportare oggetti, trascinata dai cani e, in seguito, dai cavalli.
Tribù Gruppo di persone che condividono una lingua e un modo di vita comuni.

W

Wampum Conchiglie, o perline di conchiglia, legate insieme e usate come moneta corrente o per celebrare eventi storici.
Wigwam Abitazione di corteccia, frasche o pelli d'animale tirate su pali arcuati legati insieme.

Indice